府城幽魂
林投姐

黃沼元——著
慕蘭——繪

晨星出版

目錄

楔子（ㄒㄧㄝ） 台灣

「啓稟皇上……」年逾六十的施琅，左眼盯著御前的龍陛，誠惶誠恐地將他多年來對台灣的氣候、地形、物產、住民、經濟條件等觀察，鉅細靡遺地稟奏，期盼皇帝降旨把台灣納入清廷管轄範圍。稟報結束，便恭敬地垂手而立。

不等皇帝反應，閩浙總督金鋐早立在幾位議事大臣之前，拱手便道：「皇上，臣以為台灣土地狹小，人口稀少，財賦無多，又遠隔重洋，鞭長莫及。若派兵守之，徒浪費糧食。不如守澎湖，徙台灣人民而棄其地。」話語中一味迎合康熙皇帝的想法。

今天的紫禁城太和門內煙硝味濃郁。其實在施琅剛剛攻下台灣之際，就會同幾個三品以下的官員上書朝廷，請旨將台灣收歸版圖。但當時康熙帝認為如鄭氏一班海賊乃疥癬之疾，台灣僅彈丸之地，得之無所加，不得無所損，因此決定不納編。

端坐龍椅上的康熙左拳支著下巴，閉目沉吟，施琅又奏：「台灣一地，雖屬多島，實關四省之要害。勿謂被中耕種，猶能少資兵食，固當議留；即為不毛荒壤，必藉內地輓運，亦斷斷乎其不可棄。依臣之見，還是請封尊號為宜。」施琅再次強調荷蘭、明鄭據台的地理位置，將奏章連同一紙手繪台灣地圖進呈御前。

金鋐見施琅有備而來，側臉斜眼，語帶戲謔地說：「施大人也不想想自己盲了一眼，皇上豈能依你之『見』？」

「別吵了，都退下！此事待朕琢磨琢磨，再做定奪。」皇帝說完，「霍」一聲立起，逕向御書房走去，留下低頭恭送的眾人。

執事太監讓進了房，待皇帝坐定，遞上一盞碧螺春。康熙帝啜了一口，語氣較為和緩：「哪，你瞧瞧，為這彈丸之地爭執不休，這就是我大清堂官的氣度。」這總管太監梁九功自十三歲起服侍康熙，自能揣度上意，便搭了腔：「皇上聖明。此等雞毛蒜皮的小事，實在有擾聖聽。施琅大人既有心管治，何不就賞了他去，省得他老人家……」

「你小子倒有見識！何不乾脆替朕批了這奏章？」康熙白了梁九功一眼。

「小的不敢。小的只能當聖上的口舌而已；若說錯了，還請皇上賜罪。」梁九功說罷便跪倒在地，伏首就拜。

「罷了，你出去吧！」康熙帝把太監揮了出去，奏章就這麼擱在了案上。

等待，讓日子像蜿蜒綿亙的山路，繞過了一座山頭，眼前是另一座山頭。幾個月後，康熙皇帝考量了國防、經濟、人民等多方因素，總算接受施琅的主張，在康熙二十三年四月將台灣正式納入大清帝國版圖，且把治理權限責付施琅。鄭成功、鄭經所建立的東寧王朝更名台灣，承天府改為台灣府，隸福建省府治於臺南，知府蔣毓英。

對台灣的治理，主要目的在防止台灣成為反清的基地。因此，施琅把東寧王朝的官員及兵將遷回中國內地。此舉一方面為了消滅鄭氏的殘餘勢力，一方面卻是為了報仇，報戰時的失明之仇，更要報鄭成功對他的滅族之仇，後來更擴大到沒有妻室產業者或是犯徒罪以上的人。另外，清廷惟恐台灣成為盜匪窩藏之處，對有意來台者嚴格限制，包括：

壹、嚴禁無照渡臺，須先在原籍地申請渡航許可證，方可渡臺。

貳、渡臺者一律不准攜帶家眷；已經來到臺灣的人，也不准將家眷接來。

對於來台官兵也訂下種種防範措施：

壹、駐臺官吏任期為三年，而且不能攜帶家眷。

貳、駐臺軍隊採「班兵制」，從中國各地抽調合併成軍，臨時派令統領，官兵家眷也不得隨軍來臺，三年期滿就調回福建本營，由另一批士兵輪換來臺。

台灣在這種種限制之下，造成「人去業荒」現象，農業衰退，生產萎縮，男女人口比例也失衡了。當時有句俗諺：「一個某（妻），卡贏三個天公祖。」反應出娶妻不易，許多單身無業的男子（俗稱羅漢腳）游手好閒，危及社會治安。

即便如此，拓墾夢仍舊吸引著福建、廣東一帶生活貧困的百姓冒險偷渡，使得台灣漢人的數量緩慢增加，同族或同鄉的人大多群居一處，逐漸建立起聚落與制度。

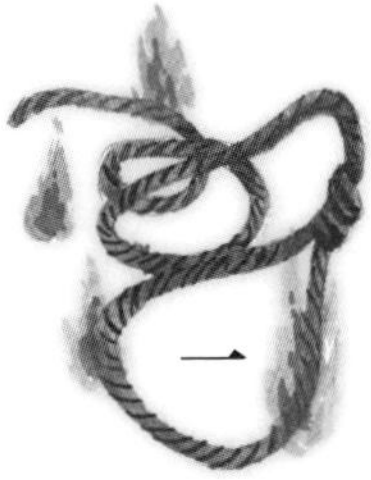

一、月宴

刷——刷——衣褲摩擦的細碎聲音，在入夜的沙汕頭街道捲起一陣旋風，沙塵裡模糊可見三個黑衣男子，正疾步前行，看來目的地相當明確。為首的男子背著雙手、歪著嘴角，似有什麼得意的事。

「周永成，娶老婆生小孩，竟然沒算到本大爺？這下有得你瞧了。」

一輪明鏡也似的圓月，自黑幽幽的榕樹葉隙裡窺視著，路上除了野狗追著牆頭上的貓兒吠叫，就只有敲更打漏的，尋常人家早閂了門休息。幾條人影，在兩盞桂竹白官燈的照映下晃盪著，引得草寮裡的小鬼頭偷瞧。快二更天了，官差還出勤，肯定有大事發生。

「著瘟囝（死囡仔）[1]！要害你全家被官府拿去才甘願！」一陣臭罵，不安分的大眼才移開，微弱的燈光重新自門縫溜到街上。捕頭吳良眼珠子沒動過，只由鼻子裡出了氣，嘴角又歪了一下。

一個時辰之後，三人照會了澄陽縣的巡檢司來到一戶門前懸著紅燈籠的

1 著瘟囝，粵語，責罵小孩，和台語死囡仔意同。

人家，燈籠卻沒點上。吳良轉頭朝後方使個眼色，便逕自拍打著沾滿泥塵的褲管。只見其中一個衙役將燈籠交給另一人，快步走到門前，邊拍門邊大喊：「來人，把門打開！」

碰！碰碰！碰！碰！

「快把門打開啊！」

拍門與拍褲管聲節奏錯落，夾雜宏亮的叫門聲，彷彿一場微型敲擊樂，在靜謐的官埭街頭上演。附近幾個大戶的管家，都提了燈出來察看。

「沒事沒事，官府辦案，多有打擾。」吳良見了燈籠上的字，猛然想起，這一帶住了不少姓紀的，逢年過節的禮物沒少過，便揮手要手下停止叫喊。這一靜，才聽得悉悉索索的腳步聲往門口靠近，然而開門的卻不是管家周福，是個頭戴瓜皮帽，臉蓄山羊鬍，身穿深色馬褂的中年男子。

「捕頭大人，終於來了，」男子露出如釋重負的表情，「快請進來。」

吳良仍舊背著雙手跨進周府門檻。他盯著眼前的陌生人，發現他的眼珠子一黑一藍，說起話來一頓一頓的，像是得嚥下口水才能把話說完，不覺皺起眉頭。吳良原本打算直驅大廳找那周永成問話，所以腳步沒停過，想不到眼前詭異的景象令他急踩剎車，隨行的人也險些撲上去，全都站定在灑滿華光的天井。

這嶄新的周家宅邸是傳統的「四點金」，一進門是前廳，兩邊的前房是晚輩與僕人的居室；進而是十多尺深的天井，兩邊各有一房，一為灶腳（廚房），一放柴草；天井後邊為大廳，兩邊各有一個大房，是長輩居住的臥室。

大廳裡，喜幛綵球自雕花的屋樑披垂而下，在紅燭花燈照耀下，烘托出的喜氣滿溢了出來。廳中央一張深紅色酸枝木三尺圓桌並十二張紅木四足圓凳，桌沿雕的是福祿壽三仙，髹（ㄒㄧㄡ）漆潤澤而發亮。一道張牙舞爪的「炊鴛鴦膏蟹」，肉白膏紅像極了美人朱唇，引人垂涎；一碗「羔燒白果」，把那白果、冰肉、橘餅熬得你儂我儂，黏而不膩；一盤「厚菇芥菜」，豬排骨燉的白湯上漂著玉也似的芥菜心片，圓溜溜琥珀色的香菇點綴其間；更有那切成金鎖片大小的「甜皺紗肉」，用芋泥和白糖蒸出紅豔豔的霞色；再有那「紅燜海參」，只見黑不溜丟的刺參在雞豬煨成的芡汁裡泅泳，好不快活。擺得一桌滿滿，目不暇給，更別提灶房裡尚有七道鹹、甜點心預備著。

當然，吸引吳良注意的絕不是桌上的精炊佳餚，而是座中的賓客。幾位地方鄉紳加上至親好友，全都穿戴不俗、妝扮整齊的圍坐成圈，但是沒有觥籌交錯、酒酣耳熱，反倒一個個表情木然、眼神渙散，像極了紙紮人，唯獨供桌兩側大紅花燭的火焰在棉芯上不安地扭動著；就是這等出奇的靜默讓吳良本能停下腳步。

中年男子繞過眾人入廳，自桌上取了一隻酒杯，就轉身出來。

「還請捕頭，喝了這杯。」男子對著吳良說話，藍色的瞳仁像玻璃被月光透射般。

吳良接了過來，想起在府衙裡見識過幾件琉璃杯碗，從沒看過這樣的假眼珠子，於是微挑左眉瞟了他一眼，「這酒……」

「捕頭，這不是酒，是林投果。」

「啊？林投果？」吳良聽了更加狐疑。

「您必得喝了這杯，才能明白整件事的來龍去脈。放心，沒下毒。」男子口氣堅定地解釋著。

吳良撇頭瞧瞧左右，有點騎虎難下。不喝，怕不是好漢，傳出去如何在潮州府立足；喝了，又不知生死如何。吳良尋思：「再猶豫下去，就讓人看笑話了。」索性吃了秤砣鐵了心，一口將杯中淡黃色液體吞下肚，舌葉上殘留一絲微甜的番薯味。頃刻間，吳良頓時感覺地轉天旋，重心不穩而往後跌坐下去。兩個手下丟了燈籠趕緊來攙，讓他靠著廊柱休息。吳良少年時練就拳腳功夫，身強體壯的他連風寒都極少犯著，如今卻只能緊閉眼皮，讓眼前一幕幕清晰的畫面，在燒著的燈籠火光裡飛快地翻動著……

捕

二、離開舊厝

「招弟啊，去到人家要凡事順從，毋通丟恁阿爸的臉。」回想起最後一次聆聽母親的教誨，李昭娘十一歲的心靈缺口，不覺再度自眼角潰堤。但她不能出聲，不能讓主家知道自己還眷念著原生家庭的一切。

三年前，父親偕庄仔內還有幾個河洛人合夥，為了擔任「墾首」，質押了祖輩留下的半畝田產拿去購買器具和行賄官員，千辛萬苦才換來一張單薄的「墾照」。那時期，墾首是地方上了不得的人物，他可以藉由分租墾地向佃戶收租；墾成之後，又可以取得土地所有權搖身一變為田主。因此父親萬分珍惜，把蓋有官府紅泥印信的開墾執照夾入一本帳簿，用大鎖鎖在床底下的竹編箱籠裡，只有招募佃戶時才小心翼翼地拿出來取信對方。昭娘往往跟在大人屁股邊瞧上一眼，然而沒習過字的她根本看不懂紙上寫些什麼。不過，她永遠記得那天，一夥人到家裡來議事，父親對她說的話，因為後來真的出大事了。

「這個人叫阿祖，是做大事的人。」父親摸摸她的頭，介紹朱祖原本在官府當差，如今在鄭九賽的田裡幫忙。招弟輕拉著父親的前臂，只露出半張臉盯著眼前傻笑的黑壯男子，心裡覺得好笑。取這種名字佔盡了便宜，每個認識的人瞬間成了他的晚輩，矮了他一截。她又想到自己從小被取名「招弟」，便是因為希望帶來更多男丁參與田務以養家活口，豈不是更沒意思，於是便轉身跑出門外。

當時有句俗語這麼說：

「招小弟仔食雞腿，招小妹仔食雞屎。」母親每日辛勤地照看養在厝後山坡竹林裡的雞，把破敗的菜葉和米糠撒在固定幾個地方，防止雞隻跑到別人家被捉走。招弟則是巴望著年節敬神，晚飯的桌上會有隻燙熟剁開的雞，阿爸一定會挾一隻肥嫩多汁的雞腿

到自己的碗裡。滾水燙熟的整隻雞，保存了土雞的風味，腿肉扎實的肌理被利牙咬斷，立刻流出濃郁的肉汁，這些溫暖又香濃的肉汁很快地填滿由齒齦和下顎築起的池，咀嚼的同時，舌頭便似條活龍，在淹滿肉汁的淺池裡翻攪，邊嚼肉汁又溢出更多，這時便得用吸的。直到把關節處的軟骨都嚼斷嚼碎了，她才滿意地用那條活龍似的舌把嘴角、指頭也滾過一遍，然後再給阿爸一個咧著嘴的微笑。所以她常主動幫忙餵雞，一邊餵食，一邊學母親捲著舌頭對雞隻精神喊話，「珠珠珠……緊來呷，呷乎肥。」

趁著父親下田、母親撿雞蛋和種菜洗衣的時間，招弟便和同庄的許滿、林春、吳免等年齡相仿的女童，赤腳踩在長滿雜草的土坡邊上說話，看遠方從城裡出來的人們。她們趴著，仔細尋找四葉的酢漿草，傳說能帶來好運氣；或者輕撥怕醜草（含羞草），它緊張閉合而低垂的葉面，恰似女子見著心儀的小伙子的反應。她們學大一點的女孩摘下球型的圓仔花別在耳際，那鮮豔的紫紅能讓一張張瘦黑臉龐打起精神來；或者耗去整個下午，用石塊把鳳仙花瓣搗成泥狀敷在指尖，看看誰染得最均勻。

「妳看！」

「厚！又擱是妳先找到四葉的。」阿滿嘟嘴盯著招弟指尖捏著的草株。

「來啦！我幫妳妝水水，看妳要嫁誰人？」林春隨手折斷一株雜草，就往招弟的頭上亂插。

「反正不會嫁給妳阿兄。」招弟說這話時，自覺得臉頰有點發熱，「要嫁當然嫁乎有錢人。」說著，便把滿頭花草全撥了下來，免得林家大哥種田歸來瞧見，笑她是野ㄚ頭。

到了中秋前後，鳳仙的種子成熟了，她們就聚在一起比賽，誰要是碰觸的果瓣彈不出種子，就得接受被手指彈耳朵的處罰。有一回，母親正在挑菜，見她低頭紅著耳朵踏進門內，便破口大罵：「耳孔若臭人，看要怎麼嫁得出去！」她後來才明白，母親當時的心疼遠勝於氣憤。

可惜「千算萬算，毋值天一畫。」母親來不及懷胎，阿爸便在連續幾天的發燒嘔吐之下昏迷；最終，當他的死因被認定為傳染病而火化的同時，母親的嫁妝、家族興盛的希望全成了陪葬品，而廳上則多了一塊神主牌。接下來的一年，拜拜的次數多了，但是碗裡不再有雞腿。田契以低價轉讓合夥人；放養在竹林的雞未及肥壯便綁了腳，拎到市集上換米；若是連日下雨把菜苗澆爛了，她還得起早去市集撿人家剝掉的菜葉，或是去遠一點的地裡偷甘藷，否則當天便得忍受胃蟲一整夜的咕噥。

十歲那一年，母親熬不過這樣有一頓沒一餐的日子，選擇改嫁給隔壁庄常來走動的田主，招弟則賣與城裡經商的陳家為童養媳。

「夫人，請呷，早起煮欸。」母親招呼來看丫頭的陳夫人在竹椅上坐定，便自碗櫥內端了碗物什[2]，小心翼翼地擺在桌上。

夫人朝碗內瞥了一眼，並不動手，只回了句：「我知了，妳放心。」起身對中人點點頭，便望外走了，留下那碗映著母親愁容的苦澀的蓮子湯。

臨行前夕，母親坐在床頭打理包袱，絮絮叨叨的把握最後一次跟她說話的機會：「妳要體諒阿母，阿母也毋甘妳吃苦，才會……」母親解釋的話語

2 物什，雜物之意。

輕飄飄的，坐在板凳上的招弟任由它們掠過耳畔，她空洞的雙眼盯著地面，淚水稍早已經在臉頰開了兩條極淺的河道，剛泛出的淚流過早先的淚痕，隨即像瀑布般灑落臉龐，在泥地上留下點點水漬。母親放下手中的衣物，起身要幫招弟抹去淚水，招弟卻用力地把臉撇開，同時大聲哭喊：「為什麼！為什麼！」她不明白母親為什麼要離開自己，不明白老天爺為什麼對她這麼壞，「我以後會認真拜拜，求祢不要帶走我的阿母……」

竹林被狂風吹得裂裂作響，受到驚嚇的小雞咯咯啼叫，拍動雙翅四處逃竄。母親緊緊把女兒抱在懷裡，招弟也禁不住離別愁緒，攬著母親的腰，靠在那瘦弱又堅定的肩膀放聲號哭起來。她心下明白，這一別，極可能就是永別。

三、予人做童養媳

招弟的包袱裡自然裝不下阿爸的牌位，宅心仁厚的陳家便作主，擺在四草大眾廟裡供奉，也讓招弟日後有個尋根處所。

招弟十一歲來到陳家，起初住在下人房，雖然只有一張床、一扇窗，窗外時常傳來糞水的氣味，但是已經夠好了。

陳家夫人曾經到舊厝來看過她，嫌她皮膚黑、太瘦，那時招弟怨怨切切的不肯正眼看人；而今「人在屋簷下，不得不低頭。」透早起身後，簡單梳洗便要到廳裡向老爺夫人請安。

「老爺早，夫人早。」招弟盯著腳上的新鞋，母親帶她過來時所穿的那雙，是拜託管家才沒有被丟棄，跟舊衣用碎花布兜包著，塞在床底下。

「好！住得會慣習麼？」聽了老爺笑吟吟的回應，招弟才敢抬了抬眼頭，恭謹地答道：「很好，多謝老爺。」

「跟人講話要擧頭，都教不會。」夫人冷冷地說著。她端詳招弟臉面洗得乾淨，才把獵鷹般銳利的目光移開，「交代妳的事情有去做麼？」

「有！春花姨會教我。」招弟趕緊轉頭對著夫人搭腔，雙眼露出無辜的表情。

要把皮膚變白，可不是件容易的事。畢竟自小在野地裡蹦蹦跳跳，誰家的小孩不是焦糖般的膚色，要是還玩了十沙，手腳就成了一條條烤地瓜了。

扳起手指數過一圈，到陳家已經十幾天了，從來沒見到下人口中的「少爺」，只隱約聽夫人嘴裡常唸及「明通」二字，想來便是少爺的名字吧！不知對方究竟是圓還是扁？他會不會像吳免的癩痢頭弟弟一樣，是個阿呆呢？招弟差點笑出聲來。她馬上又想到自己將來要跟一輩子的人若是個憨呆，不就悽慘了。一時悲從中來，嘴角又回復下彎的弧度。

「老爺，咱家也不種田，叫招弟不好聽，換個名字吧！」一天午睡起來，夫人向老爺提議。

「嗯，那要改什麼名？」老爺聞言放下手裡的茶碗。

「要不叫昭娘好了，比較像查某名。」

「昭娘、昭娘，唸起來也順口，那就這樣決定吧！」老爺微微地笑了，打開碗蓋呷了一口託人帶的水沙連內山茶，似乎很滿意夫人的處置。其實，這個家的裡外大小事，除去生意的部分，無一不經過夫人的首肯，給少爺安排「童養媳」這種大事，自然是夫人的主意。

一會兒，金花便扯著梳洗好的招弟來到後廳。看到老爺、夫人都在，招弟畏怯地呆立著。

「嗯？不會叫人喔！快對老爺夫人問安啊！」金花急切地扯著招弟的袖子。

「我……老爺好，夫人好。」招弟囁嚅地說。

「好好好。招弟啊，我跟妳講……」話頭剛起，夫人便接了過去說：「還是我來說好了。自今日起，妳便叫做昭娘；這個昭，旁邊是一個日。這樣知道麼？」

「……」

「還不緊多謝夫人，多謝老爺，卻在那邊起戇。」金花邊說，邊用手肘頂了頂招弟，不，是昭娘。

「是……多謝夫人，多謝老爺。」用了十一年的名字突然被換掉，昭娘不曉得有什麼值得道謝的。

「昭娘，妳將頭抬起來。」昭娘還在出神，是金花又頂了她一下才回過神來，緩緩地抬起頭，但眼光仍盯著地面。

「嗯，有比較白了。」聽見夫人的話，金花這才放下心來。說穿了，這也是夫人的心機，她希望自己的寶貝兒子第一眼看到未來的新娘便留下好印象。於是交代奶娘指導招弟梳洗，不讓她在太陽底下做事，還探聽秘方給她敷臉、泡澡，打算等她「漂白」後再安排兩人碰面。幸好招弟遺傳了母親的白肉底，連續刷洗幾天，加上躲了一陣子太陽，皮膚竟也恢復水稻初實般的色澤。

「只不過……金花啊，妳沒教她講話要看人的眼睛嗎？」夫人抿了抿嘴。

「是。我有教，她可能還沒改過來，我會再提醒她。」金花畢恭畢敬地應著，責怪地斜睨身旁的昭娘。

其實來陳家之前，昭娘並不會迴避別人的眼光。她在同伴裡是身材最高、腳程最快的之外，種田雖是男人的事，但她會捽粟、曝粟；家務雖由母親操持，但她會餵雞、披衫。來到陳家，規矩很多，儘管有金花姨教導，自己也記心記意，仍難免犯錯受到指責。好比前幾天才因為到前埕晾棉被忘了走迴廊，直接穿過天井而被喝斥。夫人嘴裡唸的是奶娘，卻聽得出指桑罵槐的意思。因此除非是請安、吃飯、如廁，她總是盡量待在屋內，不敢四處走動。小時候聽俗話諷刺童養媳說：「冷糜毋食，媳婦仔的。」[3]如今身處其中，才真正理解話裡的涵義。

3 「冷糜毋食，媳婦仔的。」稀飯冷了不要倒，要給童養媳吃的。意指地位卑下，看人眼色。

四、難關當前救老爺

話說陳氏家族早年來台開墾，祖輩是漳州穎川「南院」派的支系，隨鄭成功的參軍陳永華的次子陳漢光來到大龜肉庄一帶開墾，奠定基業。後代就著月津的船運之便做起買賣。當時台灣除了島內的商業活動外，也將盛產的稻米與蔗糖銷往中國大陸，並從中國大陸進口藥材、五金、建材、布匹等用品。

俗話說：「魚趁鮮，人趁青。」在商業行為之中，當交易活動到達一定的水準，就會開始追求品質、效率。為了選到上好貨品，以及比競爭對手早出船、搶先上市，陳全興舉家遷移到台灣府治所在之地。一方面便於辦理到對岸的通關文書，一方面近水樓台，貨物得以在安平港口裝卸，省卻一段水運的時間和費用。陳全興眼光遠大，同時深諳人情世故，府道內部大小官員，生日前夕都會收到一份賀禮，生意自然愈做愈大。

陳家在船舶處設有商號，住家則座落在聚落中心。陳全興指望兒子繼承衣缽，得空就教他些成本、利潤的概念，偶爾也帶他到港埠看商船、識貨物。陳明通從小耳濡目染，因之背書雖不甚靈光，倒是打得一手好算盤。

康熙六十年（西元一七二一年）三月，官方以各種名義強向百姓徵稅，動輒橫加拘捕，引發數地民變。變自鳳山、岡山，府城尚未受到威脅。此日，府道王珍次子佯稱其父壽誕，邀集城內商賈至官府飲宴，實則為收受賀禮；不料亂軍殺入，未及離開的均受困府內，陳全興亦在其中。

消息傳回陳家，久候一夜不得安眠的夫人驚慌落淚，全家亂成一團。昭娘聽奶娘說起，雖然擔心也是無能為力，隨口問道：「這作亂的是誰，這麼厲害，連官兵都打得過？」奶娘應道：「聽說叫做朱祖，本來在鴨母寮，怎知道打到府城來。」

「朱祖？這名字有點熟識。」昭娘靈光一閃，「若按呢，妳可知道他過去做什麼的嗎？」昭娘似乎在交纏的愁緒中找出一根線頭，不假思索地追問。

「好像是種田的，後面去飼鴨。妳問這要做什麼？」奶娘應了一句，並沒有回頭，繼續攪動著陶鍋裡冒著氣泡的雞湯白粥。這是準備給夫人暖暖胃，補充體力用的，因為接下來的日子就不是熬粥這麼容易過了。

「假如是他，我可能有辦法救老爺。」自信的光芒在昭娘的眼眸裡，像燕子掠過湖面捕食飛蟲那麼堅定，卻又一閃即逝。

大廳裡，丫環、奶娘圍著昭娘，與太師椅上的夫人對話。

「妳講有辦法救老爺，是怎麼樣的辦法？」夫人用急切又帶著點逼問的口吻。

「對啊！妳緊講啊！」奶娘雖面對昭娘，眼角卻瞟向夫人，樣子彷彿擔心昭娘變不出什麼法兒，牽連自己捱罵。

「啊就……」面對眾人的期待，昭娘不敢正視夫人，盯著赭紅色的地磚，支支吾吾地，把幾年前鴨母王與父親的陳年往事娓娓道出。

「妳是說，妳阿爹跟鴨母王相識？」夫人再次向昭娘確認。

「可以這麼說，但是……」說到這，昭娘突然又沒了信心。

「但是怎樣？妳不就緊講！」奶娘也急了，巴不得自己能替昭娘回話，省得夫人問一句，答一句。

「我沒把握他會認得我，畢竟過了幾冬……」昭娘囁嚅地吐出心中的疑慮。

她的顧慮是有道理的，所謂「女大十八變」，正值荳蔻年華的昭娘這兩年長高不少，加上陳家的飲食起居照顧周到，雙頰豐腴了些，膚色也從稻穀脫了殼，轉為糙米的顏色，言談舉止更與前判若兩人了。

夫人聞言略一思忖，似乎有了盤算，轉頭吩咐管家：「你去店裡領五十兩銀出來，腳手趕緊一點。」語畢，又對著昭娘說：「好歹總是要試一遍。老爺若救得返來，妳就是咱陳家的恩情人啊！」

商議既定，眾人且下去歇息。昭娘懸著一顆心，自然未曾入眠，不等雞啼就起身梳洗，依照夫人的交代，紮了包頭，穿上洗褪了的藍色碎花布衣。來到廳堂已是燈火通明，奶娘正招呼一家子吃糜，見昭娘在門外徘徊，忙不迭地去拉她。

「來，坐這。」隨即端了碗糜擺在昭娘面前，還夾了塊菜餔蛋擱在碗裡，柔聲地說：「趁燒緊吃，等一會就要去官府救老爺了。」

不多時，夫人也踱了進來，見昭娘一身素素淨淨的，還像當年初至的模樣，便點了點頭，走過去拉她的手。

「萬事拜託了。」夫人的眼裡泛著淚光，昭娘不忍多看，便專心地扒起糜來。

說起來，這還是昭娘頭一回在廳裡用餐，一般都是在灶腳的下人桌上吃的；碗筷也都是挑過的，沒有碰破的缺角，拏(ㄋㄚˊ)著還有點沉。起早以蓬萊米燜煮的糜雖則自鍋裡盛起來放涼，實則外溫內熱，筷子撥一口仍冒出熱氣。昭娘怕燙口，邊吃邊吹，奶娘卻是猛往她碗裡添菜，又是瘦肉絲，又是炒花生的，滿碗見不到米粒了。

「好了啦！金花。妳這樣，她哪吃得完？」夫人沒好氣地說了一句，啜著蔘片茶補氣。老爺出事這幾天，實在是讓人心力交瘁，度日如年啊！

自從朱一貴（即朱祖）領軍圍了府衙，若干衙役早脫了皂衫，溜得不見人影。王珍次子也換上粗布衣裳，在幾個親隨護持下翻牆逃去，撇下當天赴筵的地方仕紳；等眾人回過神來，「鴨母王」的先鋒部隊已經踢破板門，在前院大聲吆喝了。

「來啊！將這些人綁起來！」朱一貴掃視眼前穿著光鮮的權貴，準備逐一審問他們跟王珍的關係；若有不從，便當場打殺了。這些素來鐘鳴鼎食的社會名流，豈能料到一身透亮的柔滑絲緞，卻給他們貼上官商勾結的標籤。

雙手被反綁的眾鄉紳一夜未曾闔眼，跪在地上，顫抖著身子不知如何是好。有禮佛的，便默唸菩薩法號保佑；有信道的，則祈求玄天上帝降臨除魔。大家都耳聞鴨母王殘暴，念及今生就要終結在此，竟有人眼角溢出淚水來了。

「免哭！誰叫你們和狗官勾結，殘害無辜百姓……」正叫罵間，外頭傳來有民女求見的報告。

「嗯，叫她入來。」朱一貴見廳堂兩側擺了太師椅，於是大喇喇地跳上其中一張茶几，似乎不屑他口中的「狗官」坐過的椅子。

「拜見大王。」李昭娘一跨進門檻，便從廳內十幾名男子之中，認出那膚色黝黑、眉宇爽朗的朱一貴。雙膝正欲朝地上跪去，突然聽到一聲：「等咧！」不由得停下動作，抬眼向那兒時口中的大兄望去。

「妳識得本王？」朱一貴滿臉狐疑地盯著這個亭亭玉立的小姑娘，往腦袋瓜裡的記憶庫搜尋。

「是。我阿爹姓李，住在新豐里竹林邊作穡。」

「新、豐、里……啊！我想到了，妳是李頭仔的查某囝，已經這麼大了！妳阿爹現在好麼？」言訖，朱一貴一躍而下，向前去牽引昭娘。

昭娘鬆了一口氣，於是把這些年來家中的變化約略述了一遍，聽得眾英雄搖頭嘆息。雖都想把罪責推給官府的貪枉，卻不敢開口打破屋內的寧靜，像是對李家的不幸遭遇默哀，又彷彿向受欺壓的百姓悼念。

「唉！李頭仔是一位老實人，誰知道……若這樣，陳家對妳好麼？」朱一貴聽完，若有所思地問道。

「我今日就是為這樁事情來的。」昭娘雙眼盯著被軟化的鋼鐵漢子，又把陳家待他不薄的情形說與朱一貴聽，希望他放未來的公公一條生路。

「嗯，我本來亦無傷害他們的意思，主要是欲捉王珍。」朱一貴把臉轉向倚著門邊的男子，喊道：「阿山，你去帶陳家老爺出來，讓他和這位姑娘返去。」

「大王饒命，大王饒命……」侯阿山將陳全興推至廳前，他還滿心惶恐地哀求著，發軟的雙腳忍不住一個踉蹌，就跪倒在昭娘面前，惹得眾人一陣訕笑。昭娘沒閒著，趕緊蹲下去把陳老爺攙扶起來。

「咦，妳怎麼會在這？」陳全興驚魂甫定，認出眼前人竟是自家的童養媳李昭娘。

「老爺，我是來救你的。」昭娘說完，朝朱一貴露出懇求的眼神。陳老爺跟著昭娘的目光望過去，又惶恐地低下頭來。

「好了，你們趕緊離開吧！外面很亂，要不要派人送你們？」朱一貴頗念舊情，對昔日友人的遺孤自是關懷備至。

「厝內的人猶在外面等，多謝大王！」昭娘攙著歷劫歸來的陳老爺，一頓一頓地往府衙門口走去，晨曦在前院鋪了一道金黃耀眼的地毯，似在預示著：光明的日子就在跟前了。

五、面見未來夫君

陳全興在一幫家丁的簇擁下緩步走往宅第，昭娘兀自跟在人群後面，更顯得形單影隻。

早有快腳的家丁回報。夫人吩咐下人備了一盆火炭在門口擺著，讓老爺跨過去，別把霉運帶進門；灶房也燒了熱水加蓋等著，給老爺沐浴，洗掉一身晦氣。換上潔淨的衣服之後，得到神明桌前上個香，感謝祖先庇蔭；再到內廳主位坐定，喝一碗安神的湯藥，大約是酸棗仁、柏子仁、茯神、合歡等藥材煎煮的。裡裡外外哄哄亂亂的，鬧了一個早上，都過了巳時，然而每個人都是帶著笑臉做事。畢竟一家之主的平安，代表自己的生計穩當；加上多年來的朝夕相處，即便除卻這層主僕關係，情誼早已血濃於水。

「吁——」陳老爺喝完安神茶，長長地吐了一口氣，突然想到什麼似的睜開眼，問道：「昭娘呢？怎麼不見人影？」

夫人正給老爺的手腕和雙膝抹拭消瘀退腫的藥酒，聽到問話，便叫奶娘去喚。昭娘也換回日常服飾，洋紅上衣，珍珠白長褲，紮一條髮辮垂在左肩，模樣很是討喜。

「昭娘啊，這次真正要感謝妳；若無，我這條命就要休矣！」老爺慈祥地看著昭娘，事情的原委，他都從夫人那兒聽講了。

「我沒做啥，攏是聽夫人的指示啦！」昭娘低著頭回話，眼珠子不時飄向立在一旁的夫人。

「是說，妳怎麼有辦法入去衙門？」

「是夫人教我將銀兩拿給顧門的人去分，他們才願意入去通報。」

「原來是這樣喔！」老爺轉頭看著身旁的夫人，反手將那輕揉自己手腕的雙手握住，溫柔的說：「真是我的好牽手。」

「我看，是時候讓他們兩個見面了。」鎖在夫人印堂的陰霾像是讓春風吹散了，透出祥和的光彩。

「真好啊！就由妳去安排吧！」老爺點點頭，拍拍仍握著的賢妻手背。

隔日，朱一貴在府衙門前築壇祭天，自稱「中興皇帝」，年號「永和」，一切制度比照明朝；並貼出佈告，以打倒滿清、恢復明朝為宗旨。然而如虹的氣勢之下，朱一貴與舊部的矛盾也隨之增生，不及一月，便傳來他遭人設計被捕的消息。台灣的統轄權復歸於清廷，地方逐漸恢復安寧，曬穀的曬穀，打柴的打柴，於是，陳明通和李昭娘就在這個時刻第一次接觸。

「妳好！我叫陳明通。」剛下學堂的陳明通，罩了件天藍色的交領短褂，稚氣的臉上一雙明亮眼瞳，活脫脫是個天不怕地不怕的大男孩。

「少爺！我是李昭娘，請你多多指教。」昭娘問候完，隨即盯著花蝶緄邊的袖端搓手指，畢竟十歲以後就很少跟年齡相仿的異性接觸，何況一旁還有夫人和奶娘伴著，任誰都難為情吧！

「走啦！我們來去玩，不要理她們。」陳明通倒是不害臊，一把拉起昭娘的手腕就往後門行去。昭娘被拉得顛顛簸簸的，慌張地回頭看了夫人幾眼。夫人露出笑容，朝她甩甩手，帶著鼓勵的意味。昭娘這才放下心來，快步跟上前方這矮了她一個頭的毛躁小子。

陳明通天生聰敏但好動，夫人幫他入了學，原也是巴望獨生子知書達禮，能考取生員、進個秀才更好。可惜陳明通似乎肛門生蟯蟲，坐不住，四書反覆背誦了無新意，院長宣講又令他瞌睡連連，現在有了伴，便生出逃學的動機，每月考課稍微逆了心意便裝病。夫人雖也打罵過，總是一塊心頭肉，嚇阻無效。而陳老爺則一副無關緊要的態度，全因自身沒有讀過冊，亦未嚐過詩書帶來的樂趣。反正明通將來會接手家族事業，只要別走歹路，儘可愜意度日，何況少年人懵懂不曉事也是正常的；在上學這件事上面便睜一眼、閉一眼的。

過了一段時日，陳明通又拉著昭娘去看「圍城」。他們原本約定在明通讀冊的海東書院外相等，但書院一旁是縣倉，對街又是兵營，看著官兵走動值勤，時常喝斥路人，使昭娘心生畏怯，後來便改到橋頭的觀音亭廟口。這下換陳明通擔心了，他們家的商號就設在觀音亭附近的十字街上，要是叫僱工撞見自己逃學，返家免不了一頓責打。然而危險所帶來的刺激感，對於少年男女有種莫名的吸引力，幾次下來，他們便愛上了這款遊戲。昭娘也開始習慣等待明通從廟柱後現身，有時是一張鬼臉，有時是一聲「哈！」交換隨之而來的粉拳，兩人就一路笑鬧追打，往大北門移動。

民工在官兵的指揮下，吆喝著、走動著，將裁切齊整的木材搬至挖好的

土坑內一一安插固定，再以粗麻繩纏綁牢靠形成木柵，工程歷時彌久，據說圍起來有兩千丈，熙來攘往煞是熱鬧。昭娘看著，先是勾起幼時自家在屋後飼雞的回憶，復想起朱一貴過去也是守營寨的，後來卻讓同是當差的給逮了。自己眼下雖然受陳家上下厚待，難保日後……一種矛盾的情結纏繞心頭，昭娘不禁神傷地墮淚了。

「妳怎麼在哭？」陳明通湊到昭娘跟前，盯著她瞧。

「無啦！是風飛砂淹到眼珠。」昭娘用衣袖抹去頰上兩道清淚，隨口應付了幾句，若把這些傷心往事說與含著金湯匙出世的少爺聽，怕得解釋半天呢！

平靜的歲月總令人不自覺地沉浸在幸福的氛圍裡，以致於嗅不到危機特有的氣息，但這從不會是昭娘的心境。自父親病故、母親改嫁，她那顆初筍似的稚嫩心靈突然間成熟了，雖還不理解人生起伏如浪，但「毋通每天過年」的道理已烙印在心底。然而眼前的幸福卻是實實在在的，叫人信也不是，不信也不是。

五個年頭倏忽過去，昭娘十七歲了，更加出落得秀麗大方。雖然陳家不需要節省替兒子辦婚嫁的這一注錢，仍依著習俗，選在小年夜替兩人完婚。成親前一晚，夫人拿出這張契約書，當著昭娘的面撕掉，她說：「自今日起，妳就是自由之身，要不要嫁入我們陳家，由妳自己決定。」當然，眼神透露著期盼。

丈夫去世，無條件送其幼女與人為童養媳者，立契約如下：

媳婦字　入門進盆

立媳婦字人外埔蔡永珍，因夫去世，遺一女，名曰招弟，年方十一歲。自思不能撫養，劉進涼引與月津陳全興為子媳，不取聘金，聽其撫養長大，與子明通作為夫妻，永結兩姓之好。立字之後，即擇良辰吉旦，憑媒送去，永無後言。

此係二比甘願各無反悔；口恐無憑，今欲有憑，立媳婦字登紙，送付存照。

康熙五十五年四月一日

為媒人　　　　劉進涼
立媳婦人　外埔蔡永珍
代書人　　　高　成

打從進了陳家大門，連後頭厝都沒有的昭娘早放棄對於「未來」的念想，加以在陳家的生活如倒吃甘蔗，她已十分融入這個家庭了。因此聽完夫人的話，沒有多加考慮，便點頭應允這門親事。陳夫人鐵片似的脣角這才朝上捲曲，連接兩道法令紋呈正三角形。「這樣真好。明晚就是你和明通的大喜之期，我會吩咐春花教妳一些事情。」

昭娘低眉羞赧地說了聲：「是，夫人。」

「欸，要改叫阿娘才對啊！」

「是，阿娘。」

隔夜拜了天地高堂，昭娘正式成了陳家的媳婦，洞房花燭之下，小夫妻倆濃情蜜意，不在話下。緊接著便是大年夜，這新嫁娘未及三日便得下廚幫忙，幸得她手腳俐落，加上這幾年跟著奶娘進進出出，倒也有模有樣，一家子便和和樂樂地過起日子來。

過了驚蟄（ㄓㄜˊ）[4]，春燕便開始現蹤，在人家的廊簷底下飛進飛出的。雍正六年，昭娘懷了身孕。這可是陳家的長孫，關係著陳氏的血脈，夫人叮囑她少到戶外走動，叨唸她別碰刀剪針線，還三天兩頭找來城裡著名的先生診脈開方安胎。她喝了不少滋補湯藥，肚腹也日漸大了起來。數月後某個黃昏，昭娘待產的屋內傳出洪亮的哭聲。老爺和夫人聽說產下一名女嬰，進房來看了看，問候兩句就出去了，神情帶著點落寞。倒是丈夫陳明通，鎮日掛著笑容，一會兒逗弄女兒，一會兒在老婆身邊噓寒問暖，彷彿大白鷺在爛田裡掘

---

4 驚蟄，二十四節氣之一。

著泥鰍似的，搧動一對偌大的翅膀，藏不住滿心歡喜。

彌月那天，雖然沒有做油飯擺筵席，給新生兒添的「頭尾」倒是沒減省，帽、衫、手環、腳環、鞋襪、蒙被、胸飾等，齊齊整整擺了滿屋子，有新手祖父母遴選的，也有宗族親眷寄付的。昭娘看著懷裡以紅布緊裹的女兒，緊閉的眉目與其外祖母有幾分神似，不由得耳畔響起以前母親的責罵。母親縫補的衣褲、綁紮的草鞋……，點點滴滴的往事莫名浮現，好想再有個「阿娘」可以叫。雖然夫家也有個娘，畢竟不是同一條血脈，而且夫人話裡有意無意的，好像在提醒自己別忘了出身。「嗚……哇——」女兒的哭聲把她拉回現實，看看又該是哺乳的時候了。

「我看，應該幫明通找一位二房。」夫人恐怕昭娘無法幫陳家接續香火，打算安排娶妾。

「才第一胎，毋免這麼著急吧？」陳老爺放下手裡的瓷杯，不以為然地應道。

「怎麼毋免著急！不是說欲娶就有當娶，欲找一位能生又賢淑的查某囝，你當作有那麼簡單嗎？而且，誰敢保證二房就一定生得出查甫囝。這樣一年一年拖下去，何時才抱得到金孫？到時欲怎麼跟陳家的祖先交代？你講，我能不著急嗎？」夫人搬出整套的經文，念得老爺啞口無言。

「但是，這樁事情也得要明通同意吧？」

「查甫郎娶妻妾還不是為了傳宗接代，我想他不會有意見。」夫人看丈夫不反對，便多了幾分自信。

「妳的意思是說，我也可以娶一位？」

「你敢！」夫人一聽老爺要娶妾，一雙杏眼瞪得老大。「怎麼說，我也替你們陳家傳了後嗣，也無虧欠你陳家什麼。你看，我每工日頭暝暗，哪一件事情不是為著你們陳家在設想……」

「好了好了，我是跟妳開玩笑的，別唸了，我去店裡看一下。」察覺夫人搬出賢妻經叨唸起來，陳全興趕緊藉故離開彷彿打翻醋罈的屋子。

然而夫人的如意算盤到了兒子手中，卻被摔個粉碎。

「我不要！查某囝有什麼不好？何況昭娘又不是生不出來……」母子倆的聲量不小，照顧幼嬰的昭娘隱約聽得出談話的主題，心裡不覺生出點悽苦，也覺得歉疚。於是當丈夫鐵青著臉進房時，她就主動開口。

「我想，阿娘會這樣打算，也是有她的道理……」

「妳都聽到了？」陳明通頓了一下，接著說：「妳毋免睬她。我們都少年，欲生的機會還很多，毋免七早八早娶什麼二房。」明通的話語內雖是安慰，卻也透露一絲想望，只是他對妻子的愛，暫時沖淡了「有個兒子」這樣的念頭。

直到隔年，第二胎生了男嬰，昭娘才真正感受到人情冷暖的溫差。先是生化湯，又是杜仲腰子、麻油雞酒的，夫人還親自到市集採購，向肉販指名要雞腿回來燉煮。昭娘吃得膩口，不禁想起小時候，若非年節和臥病，廳上豈見得著這些藥湯和剁成大塊的肉類，心裡頭感慨萬千。她也明白，夫人一心希望自己多些奶水哺育金孫，相較第一胎產下女兒時，哪有這些優待。因為擔心她過於勞累，夫人還問了個乳母，幫忙餵玉珍喝稀飯、換尿布，洗澡更衣則堅持自己來，說是怕外人腳手笨，女孩子要是燙傷了留疤，將來不好嫁人。

「索性當個少奶奶，享幾天清福吧！」母以子貴的昭娘窩在屋內坐月子，以乾布擦拭腳盤，一邊胡亂想著。她逐漸領略到富貴人家的想法，也感覺自己真正被陳家接納了，把心底那股「作人家媳婦仔」的自卑像下人捧出去的洗腳水一般，徹底倒了個乾淨。

六、家道

俗話說：「娶某大姊，坐金交椅。」意即妻子年紀較大，對於丈夫的事業發展是有助益的。這話也不是子虛烏有，畢竟年長者包容力強，常能顧全大局，適合持家；若是娶了纖質嬌妻，成日要人憐愛作陪，動不動便鬧彆扭，容易影響男人打拼。只是陳明通未及弱冠，父親只肯讓他協助對帳、照看貨物搬運，實際上的採購、議價卻沾不上邊，因之一時也看不出昭娘是否有幫夫運。

接連兩個新生兒報到，陳家自自然然地熱鬧起來。每天料理嬰孩吃的穿的，家人入房穿榻的次數多了一倍；時不時傳來宏亮的啼哭聲或清脆的笑聲，伴隨著逗弄的呶呶軟語，總得過了大半夜才完全安靜下來。

「咳！呃咳……」正房裡夜咳的是陳老爺，夫人一邊招呼茶水，一邊幫著拍背順氣。自數年前歷劫歸來，陳全興不知是驚嚇過度，抑或年歲漸高，犯起肺熱癰(ㄩㄥ)症，時常咳嗽、咯痰。找了城裡知名的大夫開方，雖略有改善，總無法根治。近來天氣轉涼，幾次竟咯出血來，叫夫人好生擔心。也不敢讓下人接近，怕害了癆傷病，要是間接傳給家裡人就不好，特別是兩個年幼體弱的金孫。

某個夜裡，陳全興又發作起來，儘管把咽喉咳腫咳疼了，仍止不住支氣管的搔癢誘發的咳嗽。夫人在旁一勁兒拍背，一勁兒安慰，心裡其實急得慌。陳全興咳了好一會兒，等氣息緩和，飲下一大盅羅漢果並柿餅煎的茶水，才幽幽地開口：

「唉！我這病，看來是不會好了，差不多要打算一下。」

「我不准你黑白講。你看，你現在不是好好的？」夫人爭辯時，眼角不爭氣的淌了淚水，似乎有點認同丈夫的意思。

「我的身體，我自己最了解，這段時間辛苦妳了。」陳全興說著，將手掌覆在妻子的手背撫著。陳老爺病發後，夫人的作息大亂，後來雖然分房睡，仍不時過來照顧他，原本略顯豐腴的體態倒因此瘦了一圈。

「妳看妳，體格變得像少年那麼嬈嬌，應該要感謝我才對。」

「猶有心情講笑！」夫人白了老爺一眼，把手抽回來，拭去臉龐的淚水，幫老爺蓋上被子，吹去燭火，反身闔上門；又啓門，輕聲地說了句：

「再睡一會兒。」眼神裡除了不捨，還有疲累。

無奈的是，閻羅王生死簿上載明的期限，便是神仙也無法更動。不消月餘，陳全興便病卒了。強忍悲愴辦了後事，生命靠山塌陷的陳夫人精神狀態開始出問題，不是數落下人忘了擺老爺的碗筷，就是自個兒對著空氣說話，妝髮也不十分打理；唯有孫兒圍繞在身畔，才讓她空洞如黑夜的眼神裡閃爍著星光。昭娘覺察了，便刻意把孩子帶到廳堂走動，這時玉珍已滿兩歲，正是會跑會跳的年紀。

「玉珍啊！毋通胡亂跑，等一下就撞到頭。」

「玉珍啊！緊來呷糜，快要冷掉了。」

孫女跑到哪，祖母的目光就跟到哪。有時候，昭娘也讓陳夫人抱抱念祖——她為陳家生下的長子。看著懷裡的孫子睜著圓亮的眼眸，小嘴咿咿呀呀的軟語，加上不停抓向空中的肥嫩小手，陳夫人就跟正常人沒有兩樣。

逝者已矣，傷心歸傷心，維持生計的事業可不能擱下不管。由於母親的精神狀況不太穩定，看起來似乎沒有主持經營的打算，因此陳明通便接管了家裡的生意，一些往來的客戶和主顧，雖然不是時常見到陳明通在商號裡出現，如今也都管他叫「頭家」了。

起初，陳明通依循父親的做法，參加「金永順」商號，往來福州以南從事進出口生意，不管是在僱工、船舶或者貨物的調撥上，都能得到同業支援，同時減少了長工薪水和養護貨船的固定開銷。然而一門生意需要留心的地方實在太多，好比存量不足，為了在期限內交貨，得以高價向同業調貨；或者是船運的時間拿捏不準，誤了出貨期限而違約。經手不到半年，帳簿上非但沒有賺進銀兩，更流失了幾個交易量不小的盤商，讓初出茅廬的陳明通頗感挫折，進了家門也沒有好臉色相看。

「毋要緊啦，漸漸就會順手了。」昭娘能做的，也只是柔婉的安慰。

「妳不知，這趟出去的貨竟然講長黴！不知是船隻走水還是布袋破孔？」陳明通說話帶氣，把茶杯重重地放在桌上，撞出一聲「喀」，喝一半的茶水濺了出來。掌理家中事業的他也漸漸生出老闆的派頭。

「卡細聲咧！別吵到囝仔。你去阿娘房裡看一下，她今日精神不錯。」

「好……妳先歇睏，我等一下再進來。」陳明通自覺失態，於是壓低了嗓子，輕手輕腳地退出房門外。

往來兩岸的貿易常因氣候造成損失，加上這陣子在碼頭觀察卸貨的情形，讓陳明通起了個天馬行空的念頭。他注意到近年來，官府為了加強城防運來成綑的莿桐，環繞圍籬種植，可知城裡的人口不斷增加，屋舍自然愈蓋愈多；然而下船的貨物中，木石建材卻很少。這類原本作為「壓艙」之用的建材，因為官員、商賈住宅的需求而水漲船高，只要願意投注資本，利潤應該不小。當下便決定親自上船，到泉州、福州去長長見識，不叫同業裡的前輩們笑自己是了尾仔囝。

兩個寒暑過去，陳明通跑了幾趟泉州、廈門，對於價格和產地都有了把握；為了減少搬運過程的折損，他固定與一班船工配合，處理較為貴重易碎的瓦石、瓷器；並主動出席商號的聚會以拓展人脈。因之，每當他的貨船到埠，往往引來商賈競價，後來更需事先付訂，幾趟下來，不只賺進不少錢銀，同時建立起聲譽。看來，家業在陳明通的手裡逐漸上了軌道，富足的生活應該能夠持續不墜，舉家咸感歡喜。經商忙碌之際，他也沒忘記給寡母和妻兒購置禮物，翠亮的玉鐲珠鍊、紅白的胭脂水粉、滑的絲緞、甜的洋食，更有那益智的七巧、彩繪的泥人。所以對於父親的遠行，孩子是既不捨，又期待，矛盾得很。

月前，陳明通安排好商行的班表，交代了家內的支用，趁著風季來臨前又出了船。丈夫不在身邊，昭娘母子的生活便如同湧過船體的海水，規律得叫人發睏，直到那一個春日午後。

「害啊害啊！夫人不見了！」金花姨闖進昭娘房裡，一臉焦躁，兩手在腹前抽筋似的晃著。正在假寐的昭娘一聽，趕緊靈巧地挪動身體，盡可能不驚動身畔熟睡的小姊弟。下榻穿了鞋，拉著金花到門外說話。

「事情是怎樣？妳慢慢地講。」昭娘用冷靜的語氣，安撫眼前這位忠心的老臣。她可是當年伴嫁進陳家的，跟著夫人少說三十個年頭了，兩人雖是主僕關係，卻比姊妹之間更熟悉。

「她過午說要出門。我想，最多是去店內或是廟裡走走，怎知至今還未見人影。」金花的驚惶裡帶著點自責，彷彿看好夫人是她的責任。

「阿娘大人大種，不會遺失啦！妳先別煩惱。」昭娘一頭勸慰著金花，卻見天井似金池般照眼，內廳供桌上的燭台也耀著銀光，看來日已西斜，過不久天就要黑了，心上於是蒙了層不安的陰影。

掌燈時分，陳夫人的腳步仍未踏進門內，家中又沒個主事的男人，一群人前廳、穿堂來回踱著。昭娘確認商號上了板鎖，吩咐長工打燈四處搜尋，厝內比較年長的僕從也在鄰近的巷弄和廟寺內探詢。有人在水仙宮看到夫人的身影，至附近打探卻也沒個著落。翌日，人家往烏鬼井裡汲水時，驚見一人俯臥；報官打撈起來，竟是陳夫人遺體。昭娘壓抑內心驚駭，令家僕運回宅內安置。不數日，梅雨季節到來，昭娘瞧著順簷滴下的雨水發愁：夫人屍身開始散出臭味，又恐子女沖犯，不得已吩咐風水師好生誦經入殮，移至義莊暫厝，等丈夫回來舉喪。

「阿娘！妳怎麼喊走就走，也沒等我回來見妳一面……」陳明通是獨子，從小在父母呵護下長大，總有些依賴之情。短短幾年痛失椿萱，心中的悲慟不言可喻。而治喪期間，接應往來致意的親舊讓昭娘頗感壓力，耳裡也傳進街談巷議，說她天生帶煞，剋死公婆。涉世未深的昭娘豈抵擋得住這些脣槍舌劍，加以小孩哭鬧，她便容易失去耐性，索性丟給金花照看。金花自從沒了主母，也是頓失重心，如今得了兩個如玉般的小主人，心下其實是高興的。陳明通倒是理智，始終不為所動，若見昭娘臉色難看，便斥罵那些三姑六婆逗愛妻發笑。夫妻倆攜手走過人生的低谷，彼此的感情漸漸淬鍊成鋼。

颱風常臨期間是船運的淡季，加上新喪，陳明通不是在家陪伴妻兒，就是整頓商號的人事，把些怠惰酗酒，常要預支工錢的請回去吃自己。人雖清閒，腦子卻也沒停過。他並不滿足於現狀，總想著要擴大經營，而擴張的第一步，便是增加買賣的項目。這時的陳明通早已不再出口穀類，改為較易保存的筍乾、魚膠、魚翅，另外進口高級的磚瓦石以及瓷器。備辦母親出殯事宜時，他發現棺木的售價如隔夜的紅龜粿，硬得緊，商家往往倚勢不饒人。一來質地堅實的木材產自高山，取得不易；二來關係生死大事，喪家擔心砍價不成，若因惜財背了個「不孝子孫」的污名，那可不划算。

「製作棺材的木料，這樁生意應該是妥當的。」這個想法自從鑽進了腦袋，陳明通便花了些時間向殯葬業者請益，再循線找到刨製棺槨的師傅，不論木材特性、成本售價、民眾喜好，他都細細地記錄下來。「嗯，若是打算埋葬六年後撿骨入甕，使用普通的材質即可，比如油木、榆木、橡木等；日後沒有要撿骨的打算，則可選一副好棺，比如台灣檜木、紅豆杉、楠木……」

「師仔，你講慢一點，我未付記。」論起來，他若是當年讀書有這份用心，秀才還不是囊中之物？真真印證了一句俗諺：「食對藥，青草一葉；吃不對藥，人參一石。」

陳明通另外在北勢街租了個店面，屋身縱長，中有天井，恰好可以儲放木料以及棺木半成品，師傅白天就在裡間刨製棺槨。外邊聘了個經理人負責接待喪家，或者家裡有重症臥床者，也會預備起來。總是「殺頭的生意有人做。」儘管過往行人因為避諱，大多扭頭快步經過，真正來到臨了送終的時候，還不是得上門來克盡人子之道。因此，這門生意竟也照陳明通所想，漸漸被一個門外漢給做出樣子來。他仗著家裡有昭娘主持，小孩有昭娘教養，便把心力都用在經營事業；加上他個性海派，朋友不分親疏，需要周轉救急的，只要金額不甚離譜均慷慨解囊。樂善好施之名不脛而走，免不了招來豺狼的覬覦。

是夜，他與義兄在酒肆酣飲至入更，起身結完帳欲返家卻醉眼惺忪，一個踉蹌癱坐在地，酒力隨即湧了上來，他便似發過頭的麵團，無論如何也站不直了。「周押司，這下要拜託你了。他家就在三條街外，過橋不遠的所在。」一店家幫忙扶起陳明通，讓他攀靠在周押司的肩臂上，搖搖晃晃地朝陳家邁去。孰知此舉正是引狼入室，自招其禍。

七、遇上劫難

俗話說：「滿山樹，不是師傅取無樑。」陳明通為了熟習兩岸貿易事務、拓展人際版圖，也承襲父親的作法，加入了行郊。

台灣當時的行郊以國內貿易為主，交易對象為中國沿海的港市，郊商在出船之前必須到府衙辦理相關證明文件。這天剛剛進了辰時，前往官署請領渡海證的陳明通，與從官倉後方小解完，繞轉街頭方向的周永成撞個正著。

當時，清廷只開放台南鹿耳門為唯一對外的港口，以管控貿易及移民進出。周永成假借開墾的名義，取得廣東地方官的「照單」（許可證），並經台灣海防同知[5]。來台後，憑著讀過幾年書，自己私冠了個明代小吏職稱，一襲青絹布直身、一頂瓜皮帽，以「周押司」的名號在地方衙署出入，自稱可以打通關節向民眾招搖撞騙。

眼尖的周永成整裝時瞥見陳明通手上捏了文書，一身絲綢穿扮，再加上他行走的方向，迅即推斷他肯定是到官署辦事的郊商。於是堆起滿臉笑容，

5　同知，為掌管海防而設立的官職。

拱手便道：「對唔住！這位老世。」

「咦？你會講廣東話，你不是本地人吧！」

陳明通一年總有幾個月在廈門、泉漳活動，加上出入碼頭的人員龍蛇混雜，雖不能說一口流利的方言，至少還能聽口音分辨對方的來歷。

「我是汕頭人，人都叫我周押司。」周永成答話時，刻意將眼神移到陳明通手上的一疊文書，「看這位頭家的模樣，是欲入去辦事情？」

「是啊！每次欲出船都要跑一趟，花點所費……那你知道的嘛！哈哈！」陳明通笑得有點尷尬，不知道跟眼前素昧平生的仁兄說這個，會否交淺言深了。

「欸！是你沒門路，這小事一樁而已，哪就要花錢。」

「有影無？你有法度？」

「不信，你文件拿來，我替你辦，很快就好。」

陳明通見對方說得信心滿滿，外表也是個體面之人，便不疑有他，將代辦的文書交付，自己則站在官署對街等候。果然，不消一盞茶的光陰，周永成便笑盈盈的踏出門廳，大跨步走了過來。

「真的耶，都辦好勢啊！」陳明通檢視了文書上加蓋的紅色關防印信，肯定了此人的能耐。心下一喜，便邀對方到十字街喝一杯，聊表謝意。他沒想到，周永成為了取得他的信任，其實自掏腰包墊付通關所需的銀兩。

因周永成是在地的廣東人，方言地理民風都是輕車熟路，而陳明通需時常往來兩岸，雙方於是過從頻繁，自生意經到時局到家庭，無所不談。某次飲宴，酒過三巡，暢言生平大志，聊得興致高昂。

「陳兄，這杯我敬你。祝你大展鴻圖，財源廣進。」

「多謝。」陳明通飲盡杯中八分滿的米酒，繼續說道：「話說返來，這遍過去欲住的所在尚未找……」

「陳兄免煩惱，我已經探聽好了，廣州會館可以住暝議事。」周永成邊應話，邊往陳明通杯裡倒酒。

「若是這樣就太好了，一切全望周兄牽成。來，這杯添滿，我敬你。」

「哈哈哈哈……乾！」

席間，周永成提議結拜，兩人便攀肩搭背晃到米街的關帝港廟，在關聖帝君赫赫神威前燃香跪拜結為金蘭，從此就如「師公仔神杯」一般以兄弟相稱。

是夜，陳明通與周永成又喝到明月高掛，踉踉蹌蹌地進了家門，還吐了幾口。昭娘和下人攙扶他進臥室躺下，再出來前廳招呼周永成。

「多謝周大哥扶我們明通返來，真勞力。」昭娘說完話，直盯著龜殼型六角地磚上的穢物。

「免客氣啦！我跟明通是好兄弟，應該的。」周永成的臉上堆起笑意，雙眼骨碌碌打量著屋子，和眼前儀態綽約、舉止得體的結拜弟婦。

「我看天色真晚了，大哥也緊返去歇睏才是。」昭娘看對方似乎沒有立即離開的意思，只得下了道軟中帶硬的逐客令。

「當然，當然。若這樣，我另日再登門拜訪。叨擾了。」

昭娘看著下人送客出去，閂了門，才進屋脫鞋襪。她瞧床上的丈夫睡得鼾然有聲，心中苦笑，便逕自前往浴間洗漱更衣。初夏時分，打起來好一陣

子的井水轉為常溫，加以下人都就寢了，索性不再燒熱，就著磚砌的邊窗透進來的華光擦洗身子。昭娘雖說生過兩胎，實則剛剛過了雙十的門檻，正是花信年華。加上一股柔順中帶著剛毅的氣質，難免招蜂引蝶，每逢年節上廟裡燒香，總引來登徒子垂涎。雖然陳家稱不上「喊水會結凍」的權貴，也算望族之後，且與官署往來頻密，故地方人士亦不敢輕慢。

「誰？」昭娘正背窗擦洗，見光線突暗，心頭一凜。伸手取來掛於一旁的布巾遮身，也不敢靠窗去查看，俐落地穿上衣褲，快步朝臥房走去。吹滅了茶几上的蠟燭，一天又過去了。

雍正十年（西元一七三二年）六月，暖烘烘的薰風吹門進戶，引得人們昏沉沉的。陳明通自商行料理些雜務返家，扒了碗麵條，就倒頭大睡了。昭娘裡外張羅收衣疊被，免得遭鎮日從海上襲來的水氣濡溼了。汗珠在額頭掛不住，滾落到眉骨收著，待積累成串，才循著頰邊滑下洗去薄粉，留一道美麗的弧線。小姐弟倆嘻嘻哈哈的在天井、廊道間追逐，險些撞上抱了滿懷衣物的昭娘。

「玉珍，毋通黑白走啦！金花姨，妳緊來將伊帶進去啦！」

「好！我隨來。」金花放下洗滌中的碗公，起身取乾布擦了手，便自灶腳蹽出。八歲的玉珍梳的兩個活潑抓髻，在兩手叉腰的金花面前停止了上下晃動，追在後面的念祖還一臉憨樣，小跑步過來揪住玉珍的衣角，笑嚷道：「抓著啊！抓著啊！」不等姨婆催促，玉珍便嘟著嘴走向臥室，念祖則亦步亦趨的跟在後頭。

此時，一條影子像隻黑手般自門外伸長進來，前廊的光線被遮去一半，也吸引了眾人的注意，都轉頭朝大門望去。由於逆著日光，一時看不清來人的長相，只約略猜得出是個男人。等對方踏進川堂的門檻，才認出是陳明通的結拜兄弟。

「歹勢，又來叨擾。」周永成滿臉笑意，對著昭娘點點頭，隨即將手裡一尾青衣略往上提了提，「早時釣起來的，趁鮮。」

「人來就好，哪得這麼功夫。」昭娘本要推辭，冷不防背後有人接話，原來陳明通被小孩吵醒，已經出了房門。他吩咐金花將鮮魚拎去廚房，再去打一壺酒回來，「咱來去廳裡開講，暗時作夥吃飯。」

陳明通倒了兩杯茶水，自顧自地漱漱口、吞下發話。「今日怎這麼專工？」

「當然是有好康欲報你知啊！」周永成接著說，「福州有一批杉木，因為業主欠帳，價格真軟。這趟算起來應當有二十兩銀的利潤。」二十兩，這相當於七品縣令半年的俸祿，自然引起了陳明通的興趣。

「不過，這時候行船怕會風颱……」陳明通猶豫著。

「驚驚袂著等啦！賺錢的機會是不會等人的，而且咱又不是頭一遍出海。」周永成持續鼓舞著，「唉，若不是本錢不夠，我也是可以自己去。」

「話是按呢講無不對啦！但是馬上就七月……」

「來去啦！查甫郎一日到晚踮厝內做啥？現此時有錢予你賺還揀日子。

你嘛當作在幫我賺某本。」猶是俗稱「羅漢腳」的周永成，見陳明通游移難決，搬出了娶媳婦當殺手鐧。此言一出，身為結拜兄弟的陳明通若還不相挺，便顯得不夠義氣，於是擇期渡海一事便說定了。

昭娘向來不過問丈夫經商的事項，聽說要出海，嘴上不免唸叨了幾句，仍按例到德慶溪口的水仔尾媽祖廟燒香，祈求媽祖娘保庇。這個習慣是從夫人那兒傳襲下來的，陳家每回出船返航，夫人都會到廟裡祈福還願，多年下來成了慣例。掛帆前一日，她將求得的平安符包了主爐的香灰，裝入丈夫貼身的荷包，裡頭還裝了陳明通視如性命的印章。這一別少則兼旬，多則逾月，唯有將心意寄託在那隻第一次親手繡製的荷包。瞧那寶藍色的瓶型袋上，一面精繡了一株並蒂蓮，加上金線收口，貴氣又隱含深意。至於荷包底下的結穗，因為陳明通嫌礙手，便用剪刀鉸去了。

七月初一，陳明通在內廳神明桌前祭拜了祖先暨老爺夫人，為遠行擲筊，卻遲未能博得允筊，對此，昭娘頗有點怏怏憂色。然而衢巷街坊處處鑼鈸喧嘩之聲，加上丈夫的一句「妳放心，我真快就返來了。」好比薄暮時在屋內點燃蠟燭，瞬間把昭娘心頭的陰影驅趕出屋外去了。

夜晚之所以令人畏懼，除了視線不明引致的不安全感，就是邪惡往往在黑暗中萌生。

隔天晴明，昭娘託人向著名的肉粽販購得兩串，並些肉餔、糕餅，讓丈夫航行中烹食不便時可以止飢。由於這趟船是臨時加開，因此沒有備辦出口的貨品，以免申請和重量吃水拖延船期。她陪丈夫步行至溪畔碼頭，出現在昭娘瞳中的是一艘雙桅的橫洋船，不僅船體大、速度快，船艙又舒適，算是當時的豪華船型了。他們慢慢走近，幾個打著赤膊的船員忙著扯帆、搬木桶，船舷一個身影正朝他們揮手；再一晃眼，便踏著船板「登登登」直奔而至。

「明通兄，」周永成說話時眼珠子盯著昭娘轉，「弟婦，妳也來喔？」

他見昭娘手裡大包小包的，便伸手過去接，然後招呼陳明通進入船艙。他們很快地打點好臥鋪，站出來在甲板上等開船。見昭娘還立在岸邊，陳明通搖搖手，示意她先返家，「免煩惱啦，我真快就返去啊！」昭娘擠出桔梗苞蕾

般的微笑回應，也舉手朝著船艄輕揮。

獵獵西南風吹襲著衣裙，露出半截腕臂的昭娘在大船之旁更顯纖弱。她看著船員下船解纜，她看著順風鼓脹船帆，她看著攜手半生的丈夫身影漸次消逝，她看著這艘載運希望的船體航向充滿變數的黑水溝。

明明大白天，卻是昏漠漠的，屋子裡處處燃起了蠟燭，倒襯出一片輝煌的假象。

「頭家娘，欲作風颱矣！」

「是啊！」正在院埕收拾衣物的昭娘，抬頭望了那片黑天一眼，揉捲得似麻繩的愁雲一股股纏繞密實，不叫一絲陽光穿透，便著人加緊閉鎖門窗，打發姐弟倆入臥房。自己則走到神龕前，燃起三炷清香。

「陳家祖先、阿爹阿娘，您們要保庇明通，讓他平安返來。我會加燒一些錢銀……」昭娘閉眼祝禱，藏不住的擔憂在喃喃中訴說。

風雨過去，一連幾日都是朗朗青空，數著日子，終於盼到了回航的那天。昭娘偕金花牽著姐弟倆，吃過糜就到碼頭等；等到巳時的烈日曬穿了手中的紙傘，才無奈地返家，在廳裡等消息。

「頭家娘，船……船……」一名長工上氣不接下氣的跨過門階，直往內廳奔來，「船入港啊！不過頭家他……」

「好了！其他的我來講！」跟在長工後面的人影有些眼熟，定睛一瞧，是周永成。

「義兄，你返來了。啊阮明通咧？」昭娘見周永成微喘，也沒招呼他坐下喝茶，一味急問丈夫下落；反倒是周永成鎮定許多。「妳先坐下來，聽我講。」

「我不欲坐啦，你加緊講，阮明通怎麼沒有入來？」昭娘邊發問，邊朝廳外門口張望。

「這……回航時遇到風浪，明通他……他跌落海裡啊！」周永成說完，把臉瞥到一旁，不敢直視昭娘。

原來陳明通進貨完畢，急欲返家。孰料中濟即遇颶風，海潮怒湧，暴雨如注。這颶風是往上海去的，而陳明通的船往鹿耳門駛，原本無關緊要，孰知外圍環流掀起巨浪卻足以掀翻船舶。

「這哪有可能啦！你在騙我對不對？他講他很快就會返來，哪會……他還說要買兔兒爺返來給小孩耍……」昭娘既驚慌又難過，語無倫次的覆述著陳明通臨行對她的柔情慰藉。用來抹汗的一條手巾，被十指揉擰欲裂，柔弱的雙肩僵硬而顫動著。

周永成作勢要過來攙她，卻被一把甩開。她急吩咐人照看孩子，趕著長工同去碼頭探聽確切。

「昭娘，妳去也是白走一趟，明通他人已經失蹤啊！」周永成不尷不尬的，立在一旁勸解。

「不管如何，我總是要問一個真確才行。」昭娘的眼淚此刻才難過的淌落。她拿起揉皺的手巾拭了淚，便一陣狂風似的出了家門。至於被丟下的周永成，先是骨碌著眼珠，瞧了一眼內廳供奉祖先牌位的那對焰火高漲的紅燭，隨後也離開了。

到了港埠，她專注的目光和腳步快速地在幾艘理貨的船隻上逡巡，同時呼喊著：「明通、明通！你有否在船上？趕緊跟我應話啊！」家人們也散落在人群中搜尋那張熟習的臉孔和身影。來來回回四、五遍，昭娘的喊叫變得沙啞而含糊，終究在漲潮的拍岸聲中淹沒。

八、周永成不懷好意

蘆葦晃蕩的安平港，十月間的天氣，開出絨毛狀的花穗，隨著陣風吹拂漸次搖曳，像是在陸地上揚起一波又一波的浪花。

因為失蹤而無法也不願意為夫婿服喪的昭娘，日出時滿心期待，期待著陳明通獲救歸來，一家團圓；日落時滿懷失望，失望於菩薩不顯慈悲，令得寡母孤兒相依為命。在這番期待與失望反覆煎熬之下，昭娘的心宛如赤松的龜裂樹皮，輕易觸碰便片片剝落。

「夫人啊，妳不顧自己的身體，也得帶念兩個囝仔年歲尚小。凡事要想較開一點，毋通再傷心啊！」金花姨苦勸著昭娘節哀，畢竟陳明通失蹤迄今已然逾月，若蒙上天垂憐得救，此刻也該進門；若不幸淪為波臣，恐早已被魚蝦下肚，憂傷云何意義。然而這關懷的話聽在昭娘耳裡卻是諷刺。

是呀，曾幾何時，自己成了「夫人」，是一家之母，錢銀花用都可以當家作主，然而「老爺」呢？沒了老爺，何來夫人？她這個陳夫人做得既心虛又心痛。思及此，斗大的淚珠復滾落內廳桌面，嗒然有聲。金花這邊眼見勸說無效，只得悄悄退出去料理兩個孩子起居，不再讓主母平添煩憂，這是至少她能幫助陳家的地方。

除了等候丈夫的消息，另一個叫昭娘足不出戶的理由則是街談巷議。「好事不出門，壞事傳千里。」何況鄰里間住得近，閒言碎語不只長腳，往往翻牆而過。

「想不到伊生得標緻，卻會剋死尪婿。」

「人說『鉸刀柄，鐵掃帚』[6]就是像這款的命格，帶衰啦！」

「我看，免多久，陳家的財產也會給她敗了了……」

「欸，好了好了，往這裡行過來啊！」

在昭娘前往市集或廟宇的路上，類似的對話總是不近不遠的，跟在一箭之地，窸窣的語音和鄙夷的目光，終於將一個新寡女子軟禁在心牢底。於是，昭娘把一應採購事務交予金花，禮佛則在自家神明廳了事。時間一長，她漸漸體悟到早晚向媽祖祈求丈夫平安的祝禱徒具形式，便由失望轉為絕

6 命中帶剪刀、鐵掃帚的女人，會為夫家帶來厄運。

望，絕望反而令得她恢復堅強：這個家，要繼續維持下去。

自陳明通落海迄今，四十九天過去了，若是舉喪也該出殯。昭娘在內廳設了陳明通的神主，晨昏給亡夫上香。過去，她可以直接跟陳明通抱怨，以換得丈夫的軟語安慰；而今，卻只能對著牌位自怨自艾，悽苦可見一斑。

「你這個無天良欸，放我一人扛這個家，你都無知道多辛苦。」

「唉，你哪會這歹命，連屍骨都無塊找。難道我真正是掃帚星？否則從阿爸開始就……」正陷溺在愁緒之中的昭娘，耳裡傳進一串話語。

「借問，陳夫人在否？」

「稍等一下，我入去通報。」管家順安說完，轉身朝內廳走去。這順安原是商號僱的一名長工，為人篤實，腳手粗壯，陳全興便選了來幫忙家裡的粗活，遇到地痞上門惹事也好有個幫襯，平日就宿在下人房裡。昭娘自進了陳家，也跟著明通喊「安叔」。

「頭家娘，周押司來欲找妳。」

「你講誰？周……啊，是明通的義兄。請他入來。」昭娘整理了鬱鬱寡歡的情緒，起身招呼客人，未施脂粉的面容恰似雨後的玉蘭花般雅潔，格外惹人憐愛。

「弟婦，這段時間不見，妳似乎瘦很多。」周永成語氣溫柔地向昭娘問候。

「義兄，多謝你的關心。不知今日來有何貴事？」連月來，昭娘已無心神應對親族們的關懷，常常是唯唯諾諾地敷衍著。

「我是想說……想說來給明通拈個香。」周永成邊說邊覷著憔悴的昭娘，深怕她尚未從悲慟中回轉。眼見昭娘沒什麼反應，周永成便取出揣在懷裡的布包，接著說：「這是咱這趟賺的利潤，請妳收起來。」

「這……」昭娘遲疑著，不知該不該接過來。撇開她對生意的事一知半解不說，此番買賣全由周永成經手，本錢多少、利潤如何分配，更是無由得知。

「妳放心，除了本錢以外，所有賺的都在這；多的，就當作是我的心意，請妳別推辭。」周永成用堅定的語氣說完，拉過昭娘的手，把布包壓上去，起身就要走。

「義兄，稍等欸……明通的神主在後面。」昭娘言畢隨即起身，引導周永成朝內廳行去。條案上「堂上陳姓歷代祖考妣之神位」旁，添了一塊簇新的黑檀牌位，金漆描的「陳明通之神位」字樣在燭火照耀下熠熠生輝。周永成接過昭娘遞來的三炷香，闔眼拜了幾拜，逕自往爐灰上插個穩妥。

「請妳節哀。我過幾日再來看妳。」周永成說完便離開了。

自此，周永成的足跡出現在陳家條石鋪就的天井次數開始多了起來。由於他每回來訪，總會帶給下人一點伴手，以及姐弟倆的時興玩意兒，故而很快與陳家上下熟絡起來，咸稱他「周爺」。

這天，周永成照例提了個麻繩紮的草紙包進門，順安探頭瞧了一眼，叫聲「周爺來了！」並不阻攔。一會兒，昭娘便進到外廳廝見。

「義兄，飲茶。」昭娘邊說，邊朝茶盃斟上七分滿的開水。

「又予你破費了！」

「狀元粿，吃心適欸。對了，店裡的生意，妳有什麼打算？」周永成啜了一口茶水，問道。

「這方面我較未曉，所以……」昭娘支支吾吾的，答得心虛。

「總不能這樣下去罷！人說『靠山山會崩，靠水水會焦。』陳家的生意免多久就會被人搶了了，到時欲靠啥過日？」

周永成的話確是一針見血。雖說昭娘決意自悲慟的泥坑裡爬起，卻只把重心寄託在打理小孩、厝內日常的雜務上，缺錢銀時著管家跑一趟商號，催收些帳款花用，究竟老太爺和陳明通過去攢了多少積蓄，她其實沒有心思籌算。想如今，丈夫的生死大約是塵埃落定了，合計也該是整頓陳家生意的時候，再無逃避的藉口。

「你講的也在理，只是我不曾做生意，恐怕……」

「弟婦，妳若信用我，咱一人一半，我不會偏[7]妳。」周永成正視昭娘，果敢地提議合資。「妳若不放心，咱也會使打契約。」

7 偏，佔便宜的台語。

「不是啦，我是想說自己較憨慢，歹勢都予你無閒。」昭娘見周永成願意出資出力，自是歡喜，趕緊婉轉地表明意願。

「這陣快要倚年[8]，咱可以進一些乾料，就算無賺，也免驚了錢。妳想好否？」

「全憑義兄牽成。」

主意既定，兩人再就採購貨項、單價等細節商議籌謀，直至茶壺斟不出水來，才覺察天色不早。昭娘送出門去，遠天一抹橘紅斜陽，幾隻早遷的大白鷺在河口翱翔，為避冬尋覓棲身之所，正是秋暮佳景。時人有詩云：「風撼長竿捲大旗，安平渡口夕陽時。參差颿影輕鷗泛，澎湃濤聲鐵馬馳。收網漁郎還隱隱，招人舟子故遲遲。醉翁矯首籌同濟，燈火連村盡繫思。」

這些日子以來，昭娘瞞住陳明通辭世的消息，直到除夕這天，才不得不讓姐弟倆進內廳祭拜先祖。玉珍習過字，翻了年便九歲，見父親牌位便知道

8 倚年，靠近年底的意思。

狀況，登時大哭；念祖是懵懂孩提，看姊姊哭也跟著泣；昭娘一時哄騙不來，索性跟著放聲嚎啕。金花以為發生什麼意外，撇下工作衝入來，卻見母子三人涕泗縱橫，佇在房門口流下兩行淚，這才發話勸解。

「夫人，人已經不在了，再哭也是無路用。好好的過日子，才是對老爺尚好的交代。」

昭娘勉強穩住情緒，領著姐弟倆舉香草草拜了，便交由金花帶出去擦臉，自己則合十祝禱，祈求陳家列祖及明通庇佑，兩個孩子能健康長大，一世平順。

年初五，周永成提了幾樣瓜果糕餅到陳宅，偕昭娘到商行迎財神開工。昭娘為了避嫌，刻意保持距離，一前一後地走，走到一塊墨色招牌前停下腳步——黃柏木精雕，三個顏楷大字「隆昌行」髹以上好金漆，足見主人家的講究；亭仔腳兩隻家燕灰藍色的背翎飛進飛出，看看是在營巢。吉時點了香，周永成就取出一封銀兩予昭娘，為其解說這趟買賣一應開支。點過銀子，昭娘面露喜色，不意自己竟能做起生意來，還賺了錢，當下賞了店內夥計、長工茶酒錢。

或數十兩，或百多兩的資金，幾次下來，雙方合作非但不蝕本，扣除工資，餘錢足以應付居家開銷；而商號是陳明通購置的。「若能夠幫明通把事業維持下去，說不定還能替玉珍攢些嫁妝，念祖入學也不用操心了，也算是對得起陳家了。」

八月十五入夜，明月高掛，周永成攜了包團圓餅、抱了罈紅曲，便在陳宅廳裡與昭娘母子同樂共賞。周永成是隻身來台的「羅漢腳」，節慶多無法跟親人團聚，昭娘原不忍推卻，加以陳家事業如今倚仗他的地方頗多，便把他視同自家人。好在周永成也識大體、知分寸，言行未有什麼踰矩之處。真要說的話，也只有他總是在兩人獨處時，不經意地盯著昭娘，瞧得出了神。

這會兒，他又舉杯向昭娘敬酒。昭娘原是不喝酒的，在他千萬拜託只一杯的催請下，勉為其難飲了一小盅，便雙頰飛紅；不多時，更眼餳耳熱，昏然欲睡。周永成聲稱要跟頭家娘參詳生意，打發金花帶兩姐弟進房，自個兒則攙扶昭娘往內堂而去。

過了約莫一頓飯時間，昭娘幽幽醒轉，藉著門外透進來的燭光，判斷自己置身於堂屋的東廂，即老太爺的臥房床上，而周永成則趴在茶几假寐。正欲起身，竟發現自己衣衫不整，心下先是一驚；等她搖醒周永成，聽了他的言語，更是駭怕。

「妳放心，我會代替明通好好照顧妳們母子的。」周永成說話時略帶醉意，語氣卻十分堅定，想來也不是臨時起意。

「你哪會當做出這款代誌！你欲安怎對會起明通！」羞憤的昭娘自然不甘受辱，紅著眼咒罵周永成，聲調卻盡量壓低。

「妳想清楚，這椿代誌若是傳出去，見笑的是妳不是我。話講返來，我也不是絕情絕義的人，我保證，一定不會拋棄妳欸。」

待兩人重新裝束齊整，周永成佯裝給陳明通上香，先回到內廳坐下。他正擎起茶壺倒水喝，見昭娘從堂屋裡出來，便也給倒了一杯。昭娘一臉端肅，只說了句：「不送。」自去偏室看顧兩個小孩。此後，周永成往來陳家便更頻密了。

九、昭娘背債

人世間最大的磨難，不啻是目睹時間流逝而無能為力。每逢老太爺忌日、老夫人忌日、陳明通忌日前後幾天，昭娘總是愁眉不展，幸而孩子們童言童語的寬慰，讓她不至於沉溺在憂思之中。而今，生命中出現了另一個男人——周永成。如果陳明通是她的靠山，那麼周永成就像是一艘船，可以載昭娘駛向未知的世界。當年母親改嫁的不得已，昭娘逐漸能夠體諒。

「昭娘，舊年咱進的貨真快就賣完；所以今年我在想，是不是加倍囤貨？反正都是一趟船工……」天氣甫轉涼，周永成便想著要發新年財。

「按呢貨款不就要加倍？」

「當然啊，但是利潤也同款加倍啊！」周永成見昭娘存有疑慮，便接著說：「妳放心啦，咱平常時往來的人客，我都有打招呼啊；免多久，訂單就來啊！」

昭娘點頭應允之後，周永成即拿出一張寫好的字據，向昭娘說：「因為阮汕頭的舊厝翻修，我大部分存的錢都寄人拿返去啊！這遍的金額較高，我恐怕無法度先出，所以寫一張借據在這。妳若同意先幫我出，就在上面蓋一個手印，一來安心，我也毋免驚人講閒話。」

蓋手印，這可是昭娘有生以來的頭一遭，即便是當年的賣身契，也不是自己蓋的手印，因之有點徬徨。她低眉盯了如同天書的字據，再舉眼看著淺笑的周永成，心想：「都已接納對方為枕邊人，日常關懷備至，較之陳明通更為體貼；他若是貪財之輩，早可以在生意上占盡便宜，實在無須大費周章。」於是回房內找出陳明通自用的八寶印泥，右拇指輕按了兩下，在周永成指引處壓了一下。這印泥質地果佳，雖則多年未用，只要保存得宜，色澤依舊艷麗。周永成候了油墨略乾，才小心翼翼地收好字據。

是夜，兩人同遊溫柔鄉，不在話下。

枕畔呢噥之際，周永成告訴昭娘，因為渡台禁令的緣故，大小官吏每三年必須回到原籍。只是例行公事，他會盡快申請渡海來台，要她一切放心。陳明通在世時，似這般聚散離合，昭娘習以為常；渡台禁令的管制，她也是聽說的，自是不放在心上。反而用軟語相慰，說自己不便送行，要周永成好生照顧自己。

不出旬日，大清早的便有拍門聲傳來。順安方拔了門閂，一幫凶神惡煞不由分說，直直闖入外廳，要陳家管事的出來說話。

「恁是什麼人？敢這般侵門踏戶，目睭內都無王法啊！」金花衝著其中一位屈單腳坐著的漢子斥道。

「毋免大細聲，請您頭家娘出來就對啊！」說話的漢子應是為首的。

「我就是陳家夫人，你有什麼事情？」昭娘正在內廳點香，聞聲便步至前廳搭腔。

「哦？是妳，」那漢子瞄了昭娘幾眼，接著說：「妳看個清楚，這張借據是不是妳蓋的手印？」一尺見方的字據攤在桌上，左下方朱泥指印清晰如新。昭娘幼年未曾習字；進了陳家，除了學寫姓名，也跟著認一些計算錢糧布帛的字眼，如斤兩疋寸等筆畫簡易好記的，一應文書均由陳明通及帳房打點。

「哼，原來妳不識字。」那漢子見昭娘面露愧色，便有點輕蔑地自鼻孔噴了聲氣。

借據
金額 五百銀兩
期限 七日內
保證人 李昭娘

這時，金花和順安也圍在桌邊看。金花姨是飽經世故的，她認出是張借據，也識得夫人的姓名；順安原跟在商行辦事，大字識得一些，但仍不確定此據是否為夫人所立。

「頭家娘，妳可有跟人借錢？」順安問道。

「無啊！我從來不曾跟人借過錢，不過……」昭娘吞吞吐吐地回答。

「不過怎樣？」金花問。

「這張借據親像是我借錢予周押司那張。」

「什麼借錢予周押司！這張是周押司拿來向我借錢的借據。」那漢子接著說：「期限是七天。上面有寫妳李昭娘的名字做保證人。」

「啥？這哪有可能！莫非，莫非周永成他騙我？」昭娘皺緊眉，一副不可置信的模樣。

「他有騙妳無，我不管啦！只要妳將錢還出來就沒代誌啊！也無，就將人交出來！」

「他講因為渡台禁令，必須要返去汕頭一趟……」

「哈哈哈……」不等昭娘說完，那漢子便一陣笑聲打斷，搭話道：「什麼渡台禁令，前年就取消啊！我看，妳是予人騙去啊！」

「這，你講的是真的？」昭娘追問道。

「頭家娘，他講的是真的啦！」一旁的順安插話道。

「那這樣，他是跟你借多少？」昭娘不安地問道。

「你無看欸嗎？足足五百兩銀。」

「什麼？五百兩！但是當初上面只有寫一百兩啊！」昭娘失聲驚呼，身心俱震的她左手扶住桌緣，右手伸向借據想要看個仔細。那漢子卻猝不及防的將之收走，摺好，揣入懷中。

「免看啊，反正妳看無。限妳三工內還錢，若還不出來，恁就要搬出這間厝。猶有，陳家十字街仔的店面，也在契約內。」漢子言畢起身，領著三四人大搖大擺揚長而去，留下滿屋的疑懼。疑的是，這漢子所言究竟幾分可信；若他所言為真，陳家可還得出錢來？而令人畏懼的，便是還不出錢的話，房子便保不住，一家子何去何從，日後的生計云何著落？

羞憤交加的昭娘怨恨自己，目珠給蜆仔肉糊著才會相信周永成，失了貞節不說，還牽累陳家上下陷入窘境。她很想當面斥責這個愛情騙子，重重的賞他一記耳光，可是連債主都杳無音訊；假使真的還不出錢來……混亂的思緒在昭娘腦子裡如未經梳理的袋仔絲般捲曲糾結，而廳裡廳外幾雙不安的眼神仍望著她。

「對啊！」昭娘似乎想起什麼似的低喊一聲，隨即吩咐管家跟她一同出門。身為一家之主的她必須有所作為。

當主僕匆忙地走抵商號時，幸而招牌仍掛得好好的，長工不知覺的躺在長凳上打盹。

「䠡跤[9]欸，該精神啊！」順安搖了搖那睡人的肩。

「嗯，喔！是頭家娘喔！」䠡跤坐起身，迅速的跳起來朝昭娘鞠了一躬。昭娘此刻實在擠不出笑容，只吩咐他把店內的現貨整理出來。

9 䠡跤，讀若樂咖，高個子之意。

「全部喔？」躼跤睜大眼望著昭娘身後的順安。

「叫你款，你就款，腳手較緊咧啊！」順安是陳家資深長工，後來的人手都經過他挑選和訓練，自然像師父般敬他三分。

「順安，你將猶未收的帳找出來；近的我來去收，遠的就拜託你啊！」事到如今，昭娘只得拿出頭家娘的派頭來，希望能盡量湊足銀兩，至少保住陳家祖厝。然而儘管二人四處周轉，也只湊到二百七十兩，期限一到，那漢子又帶人上門了。

「陳夫人，銀兩準備好了沒？」

「我已經盡力了，可是還差一些，能不能再寬限幾天？」昭娘懇求道。

「差一些是差多少？」漢子問。

「差不多……兩百三十兩銀。」昭娘回話的音量愈來愈低。

「啥？我有聽不對沒？兩百兩銀吶！」漢子口氣誇張，頗有譏諷之意。

「陳家這間厝，我看嘛差不多這個價值。」

「你予我拜託一下，不要將這間厝討去，這是阮母子生活的所在。」昭娘一聽對方要以屋抵債，便驚慌地墮淚哀求。
「這樣妳也予我拜託，把欠我的錢還來，無我也無法度過日。」漢子答腔，朝身旁的手下說：「恁講，對否？」
「對啊，還錢啊！」幾名手下洶洶拳拳，逼得昭娘噤聲啜泣。
「到時，妳若煩惱無所在住，可以來跟我住啊！」為首的漢子掂掂手中銀兩，戲謔地說。
「你不用在那『提薑母拭目』[10]，我是無可能答應你的，恁給我出去！」昭娘惱怒地下了逐客令。
「哼，不知是啥人欲出去才對喔！」漢子接著說：「包袱款款欸，後日我就派人來接收，不要予我來趕人，到時就歹看。行！」
待這幫人離去，一家子聚在前廳哭泣，玉珍扭扯著昭娘的衣裙哭鬧著：「阿娘，咱甘真正欲搬出去？我不欲走啦，我不欲走啦！」念祖也跟著哭。

10　假同情。

「這下欲怎麼辦？唉！」金花姨難掩落寞，年近半百的她雖有子嗣可以倚靠，到底半輩子在陳家宅子裡度過，哪間房補了瓦，哪一年添的家私，她都倒背如流。如今要被趕出去，叫她情何以堪？

話說自夫婿喪生之後，昭娘深居簡出，不曾結識城內宦商人家，情急之下，只得賤價變賣首飾。舉凡日常所用的簪釵珠玉、孩子滿月周歲收到的金銀鎖片、甚至老太爺收藏的古玩字畫，堪堪的也只賣了幾十兩銀。但這些錢，她並不打算用來「還債」，畢竟交到對方手上也是不義之財。

昭娘把錢依職別和情感發給家裡人和長工，也學老夫人就著蠟燭把契約燒了，便打發他們各自安身立命去了，一番生離死別自不待言。她又去拜託教玉珍識字的秀才寫封信，讓人帶信到廣東給周永成，希望他顧念往日情份，能夠回心轉意。

在陳家的最後一夜，昭娘燒水給孩子洗了手臉，便和衣躺在床上，雖然身心俱疲，卻竟夜無法闔眼。她無神地凝視牆隅，多次洪流留下黃褐色的水痕，一隻不知名的蟲子踽踽獨行，由於外頭的蟋蟀、蚱蜢叫得響亮，任你如何細聽，也聽不見牠的腳步聲，反倒是躲在哪裡的一頭壁虎，短促而清脆的嗟嗟聲在屋內迴盪。這是這座院落最最靜謐的一夜了，至少從昭娘踏進陳家開始算起。

天剛亮，昭娘就起身望外走，買了杏仁茶回來。這幾日變賣物什，反倒對於街談巷議無甚畏忌了。她喚醒姊弟倆一同吃著，不多時，便有拍門聲傳來。她面無表情地起了門，走回內室去取前夜打理好的包袱。昭娘在玉珍肩背綁了一個大的，又遞給她一個碎花布包，再把兩個小布包給了念祖，自己則背了一個大的，又提了兩個大的，顛顛簸簸地走向門口。那幫人對於包袱裡頭的東西倒沒什麼意見，只是亮了亮借據，在門檻邊斜倚著，等母子三人跨出去，便取出一把大鎖，就門把處結結實實地上了鎖。昭娘回頭望了一眼，她深知，或許再進不去這棟宅子了。

昭娘並玉珍和念祖，大包小包的，遊魂似的胡亂走著，不知不覺走到陳家商號地處的十字街。路經的商家望見她，有的點頭，有的裝忙，看來陳家衰敗的消息已然傳開。而「隆昌行」呢？不到黃河心不死，即使明知結果，

仍得親眼確認，那塊金字招牌早讓人拆下當柴火燒了。

黯然神傷的昭娘母子循著米街往北走，經過大西門，來到她常去添香的天后宮。廟祝識得她，不忍母子三人流落街頭，便說：

「妳的遭遇實在可憐，要不，先住在廟後的柴房可好？」

柴房原本堆放著紙錢、香燭、竹帚等雜物，廟祝稍事搬移，理出足夠母子三人下榻的空間。昭娘打開包袱，取出幾件棉襖鋪上，叫姊弟倆躺下；復向廟後人家要了些水，擦淨兩張灰撲撲的小臉，見他們沉沉睡去，才靠著土牆歇息。落腳此處還有個道理，她準備向府衙申冤，憑陳老太爺和陳明通歷來跟官方的互動，或許還有萬分之一的機會。連日的疲於奔命，昭娘的驚恐、妒恨、慚咎、哀愁全都隨著閉合的眼皮沉澱在心湖底。

十、有錢判生，無錢判死

「妳講周永成騙妳的錢，他是妳的什麼人？」堂上問話的是知府王士任。

「稟大人，他是阮尪婿的義兄。」

「恁尪婿人咧？」

「他已經逝去啊！」昭娘語帶哀戚。

「哦？我問妳，為什麼妳欲借這麼多錢予周永成？」

「稟大人，我跟他公家做生意；他講錢不夠，請我先出。」

「既然是公家做生意，是按怎妳欲幫他出錢？妳應該知影這不是一條小數目吧！」

「因為……因為我信用他，所以……」問及她與周永成的關係，昭娘有點心慌起來，畢竟一個寡婦跟羅漢腳之間，是不應該有太多連結的。

「聽起來，恁兩人親像有曖昧的關係；若無，妳怎會幫他作保證人？」

「大人，我無答應幫他作保證人，也無講欲予他抵押陳家的厝，都是他騙我的，請大人明察！請大人明察！」昭娘跪在堂下，連番磕頭。

「妳一直講周永成騙妳，可有證據，或者是證人？」王士任略顯不耐地挑動左眉，撫著下巴新發的鬍髭。

「這……」昭娘低頭自忖，蓋手印時沒有第三人在場，家裡人也是看到借據才知此事，加上沒有借據用以比對周永成是否竄改。

「大人，請你帶念阮陳家對地方的貢獻，替阮主持公道。」

「我知影，陳家為地方造路鋪橋，功勞不小；但是官府斷案也是要靠證據啊！」知府見昭娘沒有動作，便向立於一旁的師爺使了個眼色。師爺會意，便開口道：「這樁案件，知府大人欲會同潮州知府盡速決斷，若有消息再傳妳到案。可以退堂啊！」

「多謝大人！多謝大人！」昭娘聽聞大人答允跨海協辦，滿懷希望的步出府衙，自回廟裡候著，日日祈求船仔媽顯聖。她哪裡知道占了陳家宅院的，正是知府的表親，他和周永成通同一氣，盡做些「騙人爬上樹，樓梯舉塊走」[11]的歹事。到了年底，王士任升福建鹽道，油水更豐。一家子上了船，這案子便躺在書吏的卷宗裡，再不見天日。

話說昭娘為了向周永成討回公道，把昔日訂親之時，陳明通送她的手鐲去典當，尋了個不舉秀才代寫訴狀。訟師見她婦孺可欺，於是哄抬價錢，手鐲便去了半只。餘下不足十兩銀子，母子三人能捱多久？翻了年，老廟祝駕鶴西歸，新來的廟祝不容昭娘續住，三言兩語給轟了出去。

正逢黃梅時節，雨勢滂沱，玉珍踏著泥水跟在母親和弟弟身後，最終來到城外一處廢棄的草寮棲身。這草寮原也住人，不知什麼緣故空出來了，一些物什雖簡陋，倒還堪用。昭娘從包袱裡挑了乾衣服讓姊弟倆換上，另拿了塊粗布巾，愛憐的拭吸玉珍溼黏在額際的瀏海。半夜裡，玉珍睡夢中連發囈語，渾身抖個不止，是個犯風寒的模樣。昭娘雖急卻無方，只得將她攬著候天明。雞一唱，昭娘交代念祖幾句，便進城去了。

11 意指奸詐的事。

「拜託欸，阮查某囝破病啊！」昭娘走到街市，到常時去的藥鋪拍門求醫。

「今日坐堂的猶未來！看妳欲等麼？」窗板揭了一片，有人應道。

「要不，我先賒一帖祛風邪的。」昭娘可以等，玉珍的病情卻緩不得。

「這……阮做小本生意，無法度予妳賒吶！」來人打量昭娘幾眼，苦笑著拒絕了。

「拜託拜託，我一定會想辦法還藥錢。」

「歹勢，妳去找別間問看看。」店家說完，便闔上了窗板，任憑昭娘拍打都不再回應。

接連吃了幾碗閉門羹，昭娘惦念兩個孩子，心下著慌，只得朝菜販乞了幾根爛蔥薑，撩起沾了泥漿的裙擺，往城外落腳處行去。昭娘先進屋裡安撫念祖，稍晚再張羅吃的。見玉珍仍閉眼未醒，觸了額頭正發燙，「嘖！」昭娘趕緊向鄰近住家討些淨水、乾柴，洗了蔥薑，就著屋裡陶罐燒滾水煮起來。她把薑湯吹涼了，托起玉珍餵服，也叫念祖喝一碗祛寒。

「哎喲，真鹹！」念祖勉強啜了一口即抱怨道。

「較忍耐欸，飲落去才不會驚寒。」昭娘心想，要是有黑糖就好了。不覺憶起幼時，只要連日大雨，母親必會煮薑湯摻黑糖，那股辛辣又甜蜜的滋味，過去是難得嚐到的瓊漿，現下是更難得了。

玉珍喝下兩碗薑湯，臉色似乎紅潤些。昭娘抓了把乾草墊在她頭底，又把乾衣裳一股腦地蓋在她身上，想著逼出汗來或許病情可以好轉。此時，一顆腦袋探了進來，原來是方才去討水要柴的人家。

「這幾粒饅頭予恁食。」

「多謝你，多謝你。」

昭娘千恩萬謝的接了過來，和念祖邊嚼邊念佛，天底下還有這等善心人，願媽祖娘保佑他。過了半日，玉珍醒轉過來，連聲呼喚。

「阿娘，阿娘……」

「阿娘在這，玉珍，阿娘在這。」昭娘坐到了玉珍身旁，不捨地撫著她猶帶熱度的頭臉。昭娘把饅頭撕成小片，一口口餵著女兒，還叫念祖倒碗開水來。吃掉半顆饅頭，玉珍又昏昏然睡了。昭娘輕拍著女兒的背，口中呢喃著常時睡前給她念的助眠謠：

「搖仔搖，搖仔搖，搖到內山去挽茄。挽偌多？挽到一布袋。亦好食，亦好賣，亦好予嬰仔作度晬……」

這是昭娘孩提時，母親為哄她入睡所唸；不知不覺中竟步入夢鄉，往事也翩然而來。那年鬧旱魃，父親拉著她的手到廟前看祈雨，盛讚官府仁心慈悲，照顧農民。因為圍觀者眾，只得把小個子的昭娘擎到肩上，看那罩著石青褂、方形補服的大官給神明下跪上香，聽著紅頭師公搖鈴舞劍，把牛角吹得嗚嗚亂響，滿屋子香煙瀰漫、撲朔迷離。

猛然醒覺，昭娘見懷中的玉珍已入眠，念祖亦睡倒一旁，便趁了空檔外出尋些吃的，再兜轉到府衙想要打探官司進度，卻被衙役擋在門外。

「哪裡來的乞丐婆？再不走，就將妳捉起來打！」

昭娘自離了陳宅，一心忙著討回產業、照料小孩，未曾好好地對鏡梳洗，哪裡曉得自己蓬首垢面、衣衫襤褸的樣子，活脫就是一個乞丐婆。

回到破寮，玉珍仍昏懵不醒，一個對時之後便夭亡了。昭娘貼著女兒幾無血色的臉龐失控嚎哭，「玉珍啊，我可憐的查某囝啊，攏是阿母無路用……天公伯啊，祢的目睭是生在哪裡？連一個無辜的囝仔也要取走……」號慟崩摧，天地動容；但見披麻鳥雀頭戴白，向晚楊花葉飛金。若論普天之下，要屬這慈母之淚最為純淨了。

有了幾番死別的歷練，昭娘素知必得趁著屍身未僵予以收埋，哭啞了嗓，噎乾了淚，便靜靜地將玉珍遺體在草蓆上安放停當，復與念祖相擁抽泣。鄰人聽聞，雖有心協助，奈何多的只是氣力，於是取了條麻繩把草蓆綑妥，扛著往南門外的鬼仔山行去。母子倆少不得一路啼哭。

此際，昭娘已到「有手伸無路，有腳行無步」的景況了，再顧不上旁人訕笑，攜幼子沿街乞討度日。

「來，這些東西拿去吃。」一名樸素的少婦自廟門走出，隨手將供品置於昭娘母子面前。

「阿彌陀佛，佛祖保庇。阿彌陀佛……」昭娘低著頭念佛，邊從包袱裡拉出一條布巾，仔細收拾那兩塊糕餅、三顆李子、一把荔枝。待婦人離去，便欲起身，卻因跪了許久腿麻，只得坐在門檻邊揉著膝蓋，見那婦人又踅了回來。

「妳……妳可是招弟？」婦人打量了幾眼後發話問道。

自進了陳家，多少年來，會如此喚她的只有夢裡的母親，於是昭娘抬起頭來，怔怔的對眼前那張素淨的臉孔應道：「妳是……」

「我是阿春啊啦！妳猶記得咱小時候的代誌麼？」

「阿春，阿春，我記得。聽說妳也賣……嫁予人做媳婦去啊！」

「唉，是啊，咱都不是好命人。我聽說妳嫁得不錯，怎麼會……」聽得林春之語，昭娘頓感羞赧，不自覺地動手撥整一頭蓬草。

此番邂逅更勝他鄉遇故知，可比荒漠逢甘泉。昭娘從布兜裡拈了一塊糕給念祖，便和林春坐著敘舊。聽完昭娘遭遇，林春也搖頭嘆息，表示夫家雖無積財，尚願出資請僧人誦經超度夭女，話別之際，更將身上細碎銀兩盡數贈與昭娘。昭娘不勝感激，連番下跪，允以來世相報。

兔走烏飛，後來打聽得周永成已於汕頭起厝娶親，維生之繫又斷了一線。昭娘下腹漸隆，加以出現害喜症狀，自知懷了周永成的種。但既無錢銀，又無臉面，這孽種是斷斷不能生養。故而勤於奔走，盼它自然流胎。這日，昭娘於禾寮港街行乞，遠遠覷見貞烈坊，更覺形穢羞慚，改道而行，同時竟生出了自戕的心思。

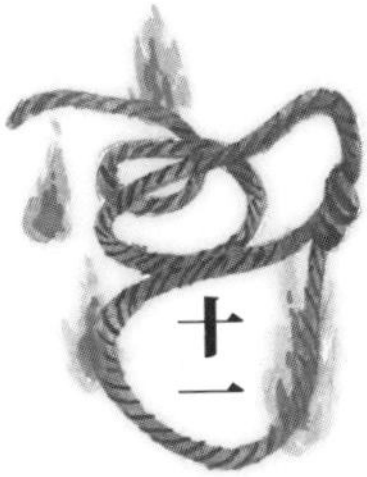

十一、煢（ㄑㄩㄥˊ）夜

昭娘不忍幼子孤苦，盤算掐死兒子再尋短；又思及此舉會斷了陳家香火，於是打消念頭。至於腹中的周家孽子，雖然無罪，也只好陪葬。

她原想著上街買老鼠藥，和糖水喝下，又擔心念祖懵懂誤食。左思右想，最終決定弄條粗麻繩，找棵樹自縊。昭娘身高五尺有餘，在當時的婦女來講已屬高䠷，而草莽近水處叢生林投，樹高而隱密，最是理想。

「阿娘，妳欲去哪裡？」

「你乖乖地食麵，阿娘去買物件，即時就轉來。」

昭娘心意既決，便將兒子騙至麵攤，獨自攜了藏在草叢間的一綑麻繩往德慶溪畔走去。

偌大的夕陽，似油燈下一粒鹹鴨卵仁，讓一層淺藍色的薄紗給圈著、給輕托著。溪岸襲來一陣狂風捲沙塵，逼得昭娘掩面佇足。然而回憶遠比沙塵來得難以防堵，當日子靜止不前，它們便從思緒的縫隙竄出來，特別是那些悲戚的，想忘卻忘不掉的往事。

城郊多田壟，日薄便少人走動，一片墨色；不比城內，入夜仍有酒肆營業、商家鋪貨。昭娘不敢提燈，怕人知覺壞了事，離水岸遠遠的就吹熄丟了。就著銀月皎皎，昭娘顛顛簸簸地尋找了結殘生的合適處所。然而這林投樹莖歪曲糾結，單靠葉隙篩落的月光根本起不了照明作用。昭娘只得一逕的摸索，一路的跌跤。這林投樹葉生得細長帶刺，昭娘的衣裙在夜色裡看不出劃破多少處，手心手背、前臂、頸項、頭臉全叫割傷了，到後來，劍刃般的葉片穿過衣裳割破的地方，扎得昭娘寸步難行。但是她卻不能停下腳步，她不想自己的死狀讓路人取笑，這些日子以來的指指點點已經受夠了。於是她邊走邊哭，腳邊不留意又讓亂石絆了，摔在曲生的氣生根上，摔得她既痛又氣，坐在樹的基部自怨自艾。

「天公真正是無目睭，看我予人害得家破人亡都不管。」

「周永成，我作鬼也欲找到你！」

「明通，我對不起你，我真緊就去找你啊！」

「玉珍，妳毋免驚，阿娘來陪妳啊，咱逗陣來去找阿爹，一家團圓，毋免擱予人欺侮……嗚嗚……」

一會兒冷靜下來，傷口雖仍隱隱刺痛，卻更堅決了她的死志。

終於在距離水灣數尺覓得一株較高的林投樹，樹下幾顆岩石足以墊腳。於是昭娘撩起裙擺，往腰帶裡紮，七手八腳地爬上岩面。將手上麻繩一端，在樹身底部繞圈打了兩個死結，再把另一端往靠水的枝椏繞個圈，打個活結。為了確保一次就能讓自己斷氣，不會因為太痛苦而萌生退意，她用全身力氣死命地拉緊。等麻繩穩穩的牢固了，她才把剩下來的繩頭往上繞個圈，估量好足夠的高度，又打了一個死結。

昭娘站上岩面，踮起腳尖把繩圈拉過來套入脖子底，再看這大千世界最後一眼。晚風撩撥下，水面彷彿有一尾銀色鱸鰻不住地扭動身軀，卻始終逃不出老天爺灑下的網幕。

昭娘闔眼，鬆開手腳，身體微微往水邊盪去。頸部瞬間傳來的灼燙痛楚，喚醒了她的求生本能，終在最後一刻萌生悔意：我不想要死，我還有囝仔，我……她舉起雙手往繩圈拉扯，企圖用手指穿過脖子與麻繩之間的縫隙。但這一遭不是插歪的秧苗，可以重來，七十五斤的體重使皮肉陷入了繩索的表面紋理，迫使她只得用指甲去勾。難以忍受的疼痛令她的眼珠暴突，眼皮再也闔不上；數隻指甲因扣抓繩索而斷裂，滲出血來。須臾，繩索便擠壓到舌根，整塊舌頭像失去了彈性似的，就在牙齒外懸著。

昭娘的意識逐漸模糊，眼前現出白色閃光。她的手臂貼身垂下，指掌關節彎曲，僵直的身軀因痙攣而顫動著。

「割、割……」她的咽喉唱著怪異的腔調。

「洗、刷、洗、刷……」她的衣裙扭擺出和諧的間奏。

當她放棄掙扎，這首死亡之歌才算完成，周遭只剩草繩擺盪細微而尖銳的「依——依——」聲響，那些喧嚷的草蟲和蛙全都靜默了。

當血液停止旅行，便隨主人的體溫快速下降，直到與這溼涼的夏夜一般，不，更涼。

李昭娘眼前一黑，耳孔像是灌了鉛，身體的所有痛苦完全消失了，就連滿腦子兜轉的念頭都如同被水化去的番薯粉，她忘記了念祖，忘記了玉珍，忘記了周永成誠懇的欺騙，忘記了陳明通促狹的笑臉，忘記了陳宅裡安逸的生活，也忘記了在舊厝純樸的日子。昭娘生前的意識就這樣散逸在天地之間，碰到水珠，就沾在晶瑩的水珠上；碰到溪流聲，就跟著一起嘩嘩的流向海。而此刻的她，彷彿小時候受了風寒，服用母親熬製的湯藥之後沉沉地睡著，睡在那椽為一家三口擋風遮雨的草寮內，睡在那架舒適而擁擠的板床上，睡在父親的規律鼾聲及母親的溫柔拍撫中；她的靈魂許久不曾如此安穩、如此輕逸了——直到聽見一聲聲哀悽又熟悉的呼喚。

十二、買粽給兒吃

李昭娘自縊多日，遺孤陳念祖流落街頭，靠街坊接濟，過著有一餐沒一餐的日子。這天夜裡，年幼的念祖因為思念母親，加上飢寒交迫，在溪岸附近啼哭。

「嗚……嗚……阿娘，你在哪裡？」

「是誰在哭？親像是念祖？」李昭娘模糊的意識正在陰陽渾沌之界徘徊，被兒子的哭聲及念想引來，生前的點點滴滴逐一翙集，當然也包含了那些家破人亡、身心痛楚。但她沒有閒情一一的回味，因為眼前的這一幕更叫她五內俱焚：一位孩童衣著襤褸，髮辮鬆脫如一條炸糊了的油條掛在後頸，髮絲、汗水、淚水沾黏在多日未洗的汙黑臉頰額際，端詳半天，才發現昔日的心頭肉居然形貌陌生，不覺悲愴難當。顫抖著伸出手，卻無法碰觸到至親骨肉，只能任由他在眼前啼哭。

「肉粽，燒肉粽⋯⋯」一名走販背著竹簍在不遠處叫賣。李昭娘很想給兒子買兩顆肉粽果腹，卻想到生前身邊已無錢銀，何況⋯⋯；正躊躇間，忽見路邊有些紙張飄動，拾起一看，卻是紙錢，泰半是過往行旅撒給無主孤魂放行用的。

「這些銀紙，能買物件嗎？」李昭娘沒奈何，便向小販而去。

這沿路叫賣肉粽的小販名為林土炭，父親早年隨鄭氏渡海來台，聽聞諸羅山丘有煤層露出，便自力挖掘洞穴採集「土炭」，擔到市集販售，主要供應官府、富貴人家灶房燒水、屋內取暖，無本買賣做得順心應手。適逢長子出世，便起名「土炭」，一方面希望他克紹箕裘繼承本業，一方面也寓有生意愈燒愈旺的期許。後來，由於知府王珍橫征暴斂，致「鴨母王」朱一貴起義。清廷派兵討伐平息後，立碑禁止百姓入山，以防民變。生計頓遭截斷，一家三口何以維生？聽聞府城繁華好營生，夫妻倆商議後，帶著孩子跋山涉水，便在鬼仔埔文廟附近的新街口租了屋子，打算讓林土炭進學讀書，看看將來參加科舉求功名，給林家爭光。

林父起初到街市喝玲瓏賣雜什。每日晨起洗漱完畢，先催促土炭上學，再慢慢地背上一個雕工精細的木櫃子，裡頭裝了紅的胭脂、白的澎粉、極細的針線、極新潮的面巾花布等婦道人家用品。走上一刻鐘，過了番薯崎，繞道禾寮港，來到關帝廟、米街周遭叫賣，因其販售對象為中等以上家庭婦女及勾欄院女子，須趁著她們上街採買或進香時。可惜林父生來矮矬，其貌不揚，口舌也稱不上伶俐，往往半天賣不出一盒胭脂。收入微薄，日日仍得消耗米糧，於是每到房租限期，夫妻倆可以勒緊褲帶，卻捨不得讓孩子捱餓。

夜來，孩子習完字已入睡，屋內漫著一股菜油燈的氣味。林父輕喚妻子：

「雖然土炭上的是免費的民學，將來若考得書院，註冊和節禮也都要花錢。」

「是啊！」妻子不經心地應道，仍自低頭縫補著允了人家的布鞋。

「妳的手巧，五日節裏的粽親戚都喜歡吃，也有人拜託妳幫忙裹……」

聽到這裡，妻子停了手，抬頭望著林父。

「你的意思是……」妻子似懂非懂的探詢。

「拚看看，若成功，以後就毋免煩惱啊！」林父的語意堅定。這是場關乎小百姓存亡的戰役，戰勝，或許免除餐風宿露的困境；戰敗，可能淪落到乞食過活的地步。

夫妻倆商議既定，便將庫存的雜貨折讓給同業，併僅剩的積蓄買了鼎鑊箱籠等生財器具，頗有破釜沉舟的意思。近郊就有現成的麻竹葉，採集回來後，燒一鍋熱水燙過，每日到市集上買些豬肉、糯米，就在自家灶腳包粽子，做起小本生意來。

從小，林土炭看著父親黎明即起，日暮而返；雖不下田，手臉卻比莊稼人更黑，還多次被甫歸家未洗滌的父親嚇得心悸，因此打心底排斥採礦工作。搬到府城後，雖上學讀經，卻總是耐不住性子唸書寫字，常因搗蛋被先生攆出學堂，返家打罵皆不管用，讓林父好生懊惱。唯獨母親裹粽、煮粽時，他才安靜地在一旁瞧。尤其喜歡幫忙燙粽葉，把青翠的竹葉燙成草綠色，再披在竹籮上面曬乾。

「難道我們姓林的真正無功名的命？」林父內心總還是抱著一絲希望，科舉取士的時代，誰不想家裡出個秀才舉人的，縱使無法金炊玉饌，至少光耀門楣，日後墓碑上也有個顯赫的稱號。

某日，林父上街辦完事，便轉往武廟燒一炷香，求了籤，籤詩上寫著：「不須作福不須求，用盡心機總未休。陽世不知陰世事，官法如爐不自由。李世民遊地府。」

林父看了上面的功名寫著「無進」，不覺皺起眉頭。又瞥見廟門外一個算命攤，便拿出兒子的生辰八字並骨重，讓仙仔推算推算。

「己丑年……骨重……嗯……」算命仙食指沾了唾液，點翻著泛黃的紙本，另一手按著指腹推敲。「二兩六錢，一般人都在三四兩以上。」

「啥款？運途如何？」

「宜及早離家謀事，勤懇；晚年雖不富裕，總算無憂。」聽了算命仙的說法，林父心裡便有個底，從此不再強求兒子讀冊。

年紀漸長，家無恆產亦無本事的林士炭，索性跟著母親學裹粽。耳濡目染之下，手法熟練不說，更從老船工那裡聽來不同做法，加以改良。他把切掉的豬肉脂肪用來炸火蔥，得到的豬油和糯米拌炒，再包入粽葉內一同烹煮。如此不僅米粒不黏粽葉，更有一股油蔥香帶來飽足感，對於商旅苦力而言，是方便又美味的餐點。

當時船隻橫渡黑水溝，只靠一帆風力，既怕颶風，又怕無風。一般是黎明從鹿耳門出港，五更水程[12]後到達澎湖略作休息；黃昏出發，再走個七更，第二天早晨便可以望見廈門的山影。因此林士炭每日夜裡裹上數串，燒灶煮熟了，天未光便肩往碼頭叫賣。所謂「行行出狀元」，雖然晨昏顛倒，林士炭漸漸地攢了些錢，討得一個媳婦，買間屋子跟父母同住。年輕氣盛的他，手邊有了閒錢，開始沾染紈褲子弟的習氣，也學著上酒家、抽鴉片菸。他時常感嘆自己賣粽的身分，把酒論英雄總是矮人家一截，只有抽菸時精神暢旺，感覺自己屬於上流社會的一員，暫時忘卻身心疲勞。

12　五更水程，大約半天。

「興販鴉片菸者，枷號一月，發近邊充軍；私開鴉片菸館引誘良家子弟者，照邪教惑眾律，擬絞監候。」雖然雍正皇帝嚴令禁止鴉片，但由於流通不廣，且尚未造成嚴重社會問題，因此各省處並未落實，仍有不少管道可以購得。

這日夜半，妻子煮好幾串肉粽，便擱在桌上，推醒了林土炭後自去睡覺。林土炭洗把臉，打了個哆嗦，把粽子擺進襯了麻布的竹簍，覆上蓋子，便揹著出門做生意。依他的腳程，走到碼頭正好五更天，剛剛退去熱度的糯米變得彈性十足，最有口感，這也是他粽子賣得好的訣竅。冷冷的月光灑在被人車走禿了的地面，恰如一條迤邐的灰色長蛇，蛇背上的行人形單影隻，則像是枚移動的逆鱗。他沿牛車路走到溪岸附近，從尚未開門的茶驛桌上翻下一把板凳，就坐著歇歇腳。

「肉粽！燒肉粽！」林土炭習慣性的朝著曠野吆喝開嗓，一會兒到碼頭才有清亮的嗓音叫賣，不期然竟有名婦女幽幽地走近。

「頭家，我要兩粒粽……」婦女說話語調朦朧，再看她穿扮端莊，不似俗稱「城邊貨」的娼妓之流，何以這個時間獨身在荒郊野外？林土炭雖覺納悶，手也沒停，打開簍蓋，解下兩粒粽子。

「來，兩粒十四文錢，拿好了。」林土炭接過一把銅錢，數目對了，隨即裝入竹簍內的麻布袋。

「趁熱吃喔！」林土炭習慣性的抬起頭招呼，只見一名邋遢的孩童已揭開粽葉狼吞虎嚥起來，而婦人立在一旁，嘴裡不禁咕噥著古怪。

林土炭到碼頭時，岸邊已經點滿了燈籠，搬貨的、推車的、載貨的舢舨、接駁用的竹筏，擠得水邊岸上擾擾攘攘，好不熱鬧。另有幾個穿皂色短掛的衙役，抱著手臂在旁邊看，雖然林土炭的生意小，還不用繳規費，但他仍刻意避開。他的肉粽做出了口碑，不消一個時辰就售罄。等到最後一層薄霧叫晨光揭去，水岸邊不可勝數的燈籠推骨牌似的被吹滅，船槳陸續划動起來，航向黑水溝討生計。

林土炭惦量妻子尚未醒轉，便溜去熟識的私菸館抽上一管鴉片，但他不敢掏麻布袋裡的錢。幾粒粽子幾兩肉幾文錢，妻子每天都把帳算得一清二楚，假使讓她知道自己拿艱苦錢去抽菸，肯定跟兩老告狀，到時候除了耳根子不清靜，這項唯二的樂子也要被剝奪了。至於這抽菸、上花樓的私房錢，都是日常買米買肉回家謊報的斤兩裡偷攢下來的，或者說是買了酒菜孝敬老人家。妻子雖勤儉持家，對公婆倒是孝順，加以林土炭三不五時也會在市集提尾鮮魚、抓隻活雞過去，因此不曾露出破綻。

林土炭歸家時天已大明，他推開虛掩的門，進了門廳就把麻布袋從竹簍裡拎出來，沉甸甸的往桌上放。妻子聞聲，從灶腳的門帘露出半張臉，見桌上沒有賣剩的粽子，便說道：「返來了喔！準備吃早頓啊！」話音裡帶著微笑。等到碗裡最後一口番薯粥被扒進嘴裡，妻子就打開麻布袋數銅錢。

「這……這是什麼？」妻子不敢置信地拿出一疊紙錢，丟在桌上。

「我哪知，收到錢，我就放入袋子內啊！」見到紙錢，林土炭也感到莫名。

「你是不是跑去吃鴉片，吃到頭昏昏腦鈍鈍，連冥紙也

當作錢來收？」妻子有點惱火。

「我哪有，你毋通黑白講。而且吃鴉片會精神好，才不會頭暈呢！」這林土炭聰明一世，糊塗一時，慌亂之中，竟把自己抽菸的「感想」給抖了出來，讓妻子抓到了把柄。

「好啊！你真的跑去吃鴉片，我一定要跟阿爸阿母講，叫他們來主持公道。」妻子邊罵邊哭，邊往門外跑，丟下「想不通」的林土炭。他想不通錢袋裡怎會出現冥紙，更想不通這麼輕易就洩漏藏了整年的祕密，「唉！難道是天意。」

十三、「殛！」

當林土炭的雙親聽完媳婦的怨言，先是好言相勸，再赴兒子住處問個清楚。林土炭自知無法隱匿，便據實以陳。林父舉起扁擔作勢要打，妻媳咸來阻擋，一齣倫理悲喜劇也就落幕。對於婦女深夜買粽以及收受冥錢，熟人都當笑柄，嘲他鴉片吃壞了腦袋。然而林土炭仍咬定確有其事，每次酒過三巡，便在酒肆裡賭咒發誓，指證歷歷。由於涉及鴉片與謠言，傳到知府耳中，便差衙役帶林土炭去問話，師爺也找來相熟的道士諮詢。

「聽起來，這個鬼魂並不害人，應該是屍骨無人收葬。」這繼任的知府名喚尹士俍，他雖是捐來的官位，到底讀的「敬鬼神而遠之」的孔孟學說，故聽完曾道長的分析不以為然。為求靖平地方，尹知府仍立即派人沿著當日林土炭賣粽的溪岸搜找。

七月半的午後，濃雲陰陰翳翳地堆了滿天，大地全糝上一層蚵灰似的黯淡。這一幫由皀隸、地保、仵作跟好事者組成的搜查隊，浩浩蕩蕩的在德慶溪下游水邊林間作地毯式的搜索。岸邊亂石堆垛，雜草較人更高，領頭的兩個拾了枯枝撥攘開道，一夥人既要留心周遭，又得照顧腳下，幾個時辰過去

仍無所獲，倒是賺了一身溼溽。冷不防，「殛！」淒厲鳴叫後，一隻潛伏的夜鷺鼓翅刷啦掠去，眾人都吃了一驚。

「有啊！在這裡！」聽到尋獲者高喊，所有人都快速地向音源聚攏；等到看見林投叢間一婦人穿著的遺體，掛在樹頭輕曳，所有人又向後退了開去。隨行的仵作攀上枝椏，伸手在垂散的亂髮間探了鼻息，確認其沒有生命跡象，便吩咐幾個壯丁準備將遺體挪下來。此際狂風大起，天色更為暗沉，林投樹葉如妖物利爪張揚；電光閃動處，昭娘披臉散髮被風吹開，露出猙獰死相。須臾，「迸！」一聲焦雷重擊在場數顆惶惴之心，懸掛的屍身受強陣風吹襲而擺動起來，眾人以為死屍復活，四處奔叫逃竄。

俟後大雨傾盆，頗有颶風降臨之勢。昭娘頸骨原已斷折，在痲繩劇烈搖晃摩擦之下，失去生命力的皮肉陡然撕裂，連著斷頸的頭顱和屍身相繼落水，發出「咚！啪！」兩聲。其醬色臉孔翻轉上仰，猶怒目以對蒼天，旋即隨濁流滾滾而去，不知所蹤。

「呼！驚死人，哪有這麼恐怖的，目睭仁好像在看我。」仵作安撫著狂跳的心臟。

「嘿啊！毋知她是誰？」

「敢會變鬼仔？」

「七月時，你毋通烏白講啦！」

待雨勢稍緩，在場眾人便往城內移動，沿途七嘴八舌的議論著。

差役將實情回稟官府。知府詫異之際，命人將昭娘自縊所用的麻繩取下作為物證，收在府庫，隨後進行身分查對。經過一番查訪，該具死屍的穿著與李昭娘生前相仿，而遍尋城內落腳處均無其蹤跡，就此在人丁戶口簿冊上勾銷了。三日後，當天同行的兩名吏民於睡夢中死亡，臉上留著驚怖的表情。

十四、魂魄鬧事

「那個李昭娘真憨，給查甫郎騙去還想未開……」

「對啊！人講『三代累積，一代開空。』她將陳家的財產敗了了，我看，李昭娘這三字是無可能擺置陳家的祠堂內。」

「講起來也是可憐啦！若不是尪婿不在了，李昭娘也未吊脰[13]……」

夜幕低垂，一彎弦月在東邊的天空掛著，番薯崎一帶的街坊大多閉了門，燃起油燈，做些手工針線活。一些吃飽沒事幹的爺們便搬了板凳，聚在小南天福德祠閒話嗑牙。

七八月的天氣，炎陽的熱力必須至深夜才完全散去，此刻西南風吹來，猶是溫溫暖暖的。忽——忽——沒來由的陣陣強風掠過，把廟埕角落一株菩提樹吹得勒勒作響，帶梗被硬生生扯斷的心型葉片直朝廟前飄去，怪的是，地上的沙塵卻未揚起。

13 吊脰，上吊自殺。

「啊！這陣風真涼。」張牽牛輕輕閉起雙眼讚嘆，他想起午飯前在圳溝沖涼的膚觸。然而當風速趨緩，他睜開眼時，卻一屁股仰跌在地面，兩條腿就掛在翻倒的板凳上。

「阿牛，你人生得那麼大漢，連椅子都坐不住，是不是娶新娘軟腳？哈……」眾人朝著地上取笑。張牽牛右掌撐地，沒有露出半點害臊，只是瞪眼張嘴，左手食指顫抖地指向那棵菩提樹。

「她……她……」張牽牛半天說不出一句話，嘴裡重複發出一個音。

「她什麼啦！你是屁股摔成四瓣爬不起來喔！」眾人依舊取笑，但也循著阿牛手指的方向望去。只見廟埕空蕩蕩的，連個鬼影兒也無。

「有鬼啦！」張牽牛憋住一口氣，回頭便往廟裡奔。

眾人先是面面相覷，笑容僵在臉上，其中一人起身邊張望，邊朝廟裡走。其他人見狀，竟也跟著加快腳步。須臾，廟前僅剩兩三張板凳倒在那裡，幾把蒲扇雖大，也遮不住滿地雜亂的腳印。

「緊，緊將門關起來！」張牽牛驚慌地吩咐廟公。

「你們不出去，我是要怎麼關門？難道你們今晚要睏廟內嗎？」廟公一邊走往後方儲藏室取門閂，一邊唦唦說著。

「不是啦！是……有鬼啦！」一聽到「鬼」，大家又往供桌底下鑽，平日動輒喊打的男子氣概都叫土地公收了去。

「甘……甘有入內？」不多時，桌底下有人發話。

「不知咧！啊廟公呢？」

「你看到的那是什麼人？」

「會否是李昭娘……」

話音甫落，兩扇門板霍的往廟內打開，撞在牆壁上發出「控！」一聲巨響，震得泥漆落下粉屑，隨即捲入陣陣狂風，把燭芯上的火苗捻成一縷輕煙，滿室清亮霎時散佚；鋪在供桌上的八仙綵也吹得胡亂翻揚，露出幾條捲起褲管的小腿，腿毛像新刈的稻稈，全豎了起來。張牽牛從翻動的綵繡偷眼望去，方才樹下的青衣女子直挺挺地立在廟門前方，披頭散髮，瞧不清面目。她染了污漬的袖口裙腳忽前忽後的搖晃，接著雙手握拳靠在脖子上，全身著魔似的扭擺，樣子像極了泥塘釣上的土虱。張牽牛縮緊了瞳孔，邊瞧邊從桌下向外退出，豈料那女子的頭顱竟然急急地朝前掉了，還長腳似的往廟門滾來，嚇得阿牛重又往桌底下鑽。叩！扣……眾人跟著他鑽進鑽出，分不清是人頭還是桌腳，全撞得一陣天旋地轉。他們閉緊了眼像狗一樣趴著，雙手合十不停地抖動，嘴裡直祝禱著：

「阿彌陀佛、阿彌陀佛，不是我們害妳的，毋通來找我……」

直到雲翳消散，月牙當空，菩提樹的影子縮回了腳邊，家人才提燈找了來。見這些孔武有力的莊稼漢個個失魂落魄，趕緊攙扶回去，收驚的收驚，服藥的服藥，至於廟公，則完全如丈二金剛般摸不著頭腦，闔了廟門自去歇息。

這晚總算平靜下來，不過李昭娘陰魂不散的傳聞，卻如台灣騷斯夜唱，在百姓的口耳之間沸沸揚揚地響起來。

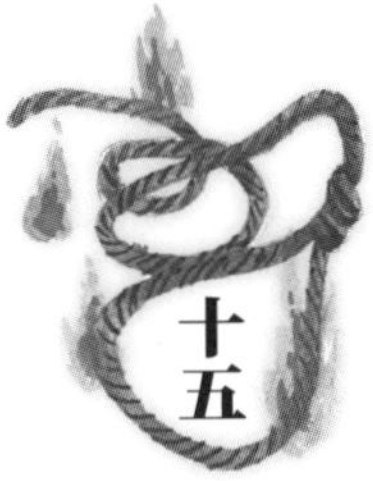

十五、解鈴

自從廟口鬧鬼事件之後，府城內外頗不平靜，「目開嘴就開」的三姑六婆繪聲繪影地聊起自家男丁見鬼，直指女鬼就是李昭娘。雨夜晦暗、溼漉漉的衣物貼身，林投樹如傘的墨綠長葉、溪面微弱閃光、葉片扎手的刺痛、灰白枝幹上打了圈的麻繩、燒燙的脖頸……其死前一刻支離破碎的畫面、知覺反覆地盤旋迴繞於人們夢寐之間。

「我不要死啦！我不要……」說話者爆睜雙目，十指朝天扣抓。

「有夠疼欸啦！救命喔！」說話者手捂脖子跪地，淚水溢流。

「我不能喘氣啊啦！」說話者向空中胡抓一通，進氣少、出氣多，甚至有人陷入昏迷。凡此種種皆是昭娘死前遭受的折磨與痛苦所蓄存的強烈意念，未嘗直接對人體造成傷害。然因畫面驚悚，感受逼真，且如噩夢重演，致感應者寢不成眠、精神不濟，甚至白日發囈。

此事一傳十，十傳百，越多人傳揚，越多人見證，就越多人恐慌，如疫癘般從家人到鄰里，從鄰里到村落。不消數日，班兵巡防時精神恍惚、墜河一類的狀況層出不窮。鄉人但凡閒談提及，皆不敢直呼其名。「就是那個李……李……林投姐啦！」從此竟以「林投姐」稱之。

有名賈道士向官府倡議設壇驅邪，並自言身懷祖傳八卦銅鏡，功可袪退邪祟。知府雖不信鬼神，為正視聽，只得仿效韓文公祭鱷魚，擇了吉時，臨街設置法壇，同時商請曾道長陪同見證。登時圍觀民眾圈圈裹裹，將府衙正門包了個水洩不通。

這位賈道士屬於「靈寶派」的黑頭道士，手持桃木劍，口念咒語：「李昭娘、李昭娘。大千世界，無掛無礙；自去自來，自由自在；要生便生，莫找替代。太上老君，急急如律令。」語畢，更祭出寶符燒化。

涼風過處，符灰翻颺，「鬼來啊！」眾人怕迷了眼睛，盡皆舉袖驚惶走避，唯有賈道士徒弟因感應到驚怖畫面而兩眼發直、僵立原地。曾道長見狀靈機一動，走向前去，賞了他一記耳光，大喝：「入去取草繩來！」

徒弟宛然夢醒，摀著紅腫面頰奔向內廳，問府庫去了。

草繩取來，風勢即止，乍看似有效用。曾道長隨即口唸真言，引火燒繩，劈啪聲響處，草繩漸化為燼。知府面露喜色，以為自此無災無患，殊不知人們之所懼，乃是一股由意念凝聚成的能量。道士作法，也是利用自身的體質以及儀式，吸引正向的意念，藉以驅趕所謂邪惡能量，畢竟這些神靈，生前都是因為諸般善行而受到稱頌。但怨念無法淨化，只能暫時疏散其濃度。故此番設壇驅鬼不啻緣木求魚，無濟於事，撞鬼事跡仍一再傳出。

數日後，尹士俍與曾道長在府衙內廳議事。

「葛洪在《抱朴子》中說：『人無賢愚，皆知己身有魂魄。魂魄分去則人病，盡去則人死。』」曾道長喝了口茶，接著說：「一個人在世所有的記憶、想法原本就是無形的存在；死後，這些意念並不會消失，而是離開肉體散離在天地之間。這些意念重新匯合需時七個晨昏，偶然有人與其中一段意念產生交集，便可以讀取那段意念的內容，也稱之為『感應』。感應力的強弱與生辰八字偏陰或偏陽有所關聯，所以講，常聽到『八字較輕』的人容易見鬼，就是這個道理。」

「照你看來，欲如何處理才好？」知府聽了微頷，皺起眉頭問道。

「這……我看，只有設法助她超渡遺落人間的怨念，否則，就是太上老君也難以排解啊！」

一番思量之後，知府邀請鄉紳集資，在昭娘自縊處溪岸附近建祠，供奉香火，希冀化解其仇怨之氣，勿再驚擾百姓安居。

似李昭娘這等，為自身情愛而含恨自戮、間接殺害胎兒的情節，需墮阿鼻地獄，受無間斷之折磨，直到負能量轉化為正能量。而民間所謂的「超渡」，便是藉由另一股正向的力量導引，加速亡者摒除對世間的種種遺恨，進入六道輪迴[14]。

舉目無親的李昭娘曝屍荒野多日，錯過引渡時機，她的那些不了解、不甘心、不得已的悲憤意念徘徊在德慶溪下游。只要鄰近有人連喚其名姓三

14 六道輪迴，佛教說眾生由於過去世（指之前的各世）所造的善業、惡業，產生六種不同的生命生存狀態，包括：天人、人、阿修羅、地獄、餓鬼、畜生等，稱為「六道」。

次，便很容易感應到跑馬燈似的殘留意念。

七日過去，那些俗稱三魂七魄的離散意念重新聚攏起來，她憶起念祖稚嫩的手掌、玉珍焦敝失色的嘴唇、明通登船前的揮別……，同時，她也憶起是什麼原因造成她家破人亡、母女天人永隔，「是周永成，對，一定毋當放伊煞！」

此時，昭娘的靈體已成，是仇恨凝聚了她，是哀懼吸引了她，人世間種種的負面能量靠攏過來，遂成怨靈。

又是一個陰鬱的午後，城隍廟後九米高的竹林像個披簑老者，長篙撐著再也離不開的土地。隨後大雨灑落，林裡的鵪鶉呱——呱喇喇喇的叫著，一切如常。

一名頂著瓜皮黑帽的男子匆促步入廟內，在廊下噗噗的拍打沾了溼泥的衣襬褲腳，他突然停手，隨即裝作若無其事的繼續動作。供桌上燃著兩盞長明燈，一個香客也無，廟祝自在後方藤椅上打盹。男子看上去是不惑之年，鬢角略添風霜，他立在廟門後望向外頭，似乎什麼人在那兒。

「妳的遭遇實在使人同情，但是不應該擾亂人世才對啊！」

「先生既然明白我的苦衷，就拜託你鬥幫忙。」

「妳希望我怎樣做？」

「只要幫我找到冤仇人就好了！」

「妳想要報仇？這款代誌有違天理，我無可能答應妳。我可以替妳誦經助念，希望妳放下仇恨，一切交由因果循環。」

「拜託你、拜託你……」

這男子感應到了昭娘的靈體，不僅沒有驚嚇失態，更能與之「對話」，實在奇事。原來他名喚陳和甫，南京人，天生通靈，勤讀命理之書後，四處為人卜筮相命為業。如今跟著商賈訪台遊歷，登岸便撞上了個怨靈，卻不是因緣巧合？

透過感應知曉昭娘際遇的陳和甫深覺其情可憫，於是捏出三枚銅錢，卜了個「坎」卦。他思忖：「坎主水，是凶象。如今李昭娘魂靈不定，心神似怨海漂萍；若不助其平怨，日久恐引致人禍。」

陳和甫找人篆刻一方神主牌位，供其靈體依附，讓昭娘能隨船渡過黑水溝，到汕頭尋找周永成解惑消怨。是夜，府城沿岸的林投樹果紛紛墜地，自崩裂的棘皮間裸露出黃色的果肉，在滿月之下映出寶石般的光輝。而長潮彷彿貪婪的一張嘴，伸長了墨舌，將這些繁星般的果實自德慶溪支流捲向鹽水溪，匯入安平港，再從安平港吸往黑水溝。當然，它們全都沉入了海棚，而洋流，常常走得比船還要快。

十六、跨海尋仇

俗語說：「毋驚虎有三個嘴，只驚人有兩款心。」周永成取得李昭娘簽訂的合約之後，藉口朝廷所頒之「渡台禁令」規定，必須先回大陸一趟。卻拿合約和地契向錢莊抵押借款，由台灣買了一批樟腦及蔗糖運到潮汕轉售，等於做了無本生意，也是老天無眼，竟叫他賺得暴利。

周永成返鄉後，用這筆錢和陳家祖厝抵押來的錢財，在官埭堤壩買下一所合院，重新修葺粉刷，添購一應家具擺設，冀圖沾染紀氏宗族的名氣。他時常在酒樓設宴款待鄉紳以拓展人脈，因而結識當地的青樓名花「鴛鴦」，並為其贖身；不出半年即產下一子，滿月時大宴賓客，卻不知禍事將臨。

「今日尚歡喜，來來來，都係家己人，不醉不歸嘿！」周永成眉開眼笑，舉杯向在座賓客邀飲。

「周老爺雙喜入門，俺敬恁翁姐一杯，甲恁歡喜。」

「同喜同喜，大家動筷，免客氣。」

周永成套了件藏青大褂，新編的金錢鼠尾辮油亮齊整，辮梢繫了金墜角，一派尊貴氣象。這鴛鴦雖說搖身一變少奶奶，裝束卻未必較前華麗。瞧她上身是霞色緄花領，底下是雙襴紅裙綴銀鈴，一步一丁令。倒是那珍珠頭飾以及兩手戴的金戒指，過去是不曾見得的，可知「母以子貴」之說，在平民百姓身上也一體適用。

話說陳和甫同李昭娘的靈體登了船，在艙裡本本分分地待著。這紅頭船是張元隆牙行冒領照票造的，或僱或租人營運，因之除了客商，艙裡盡是一袋袋的米穀、一簍簍的紅白糖，氣味倒是好聞得很。耳畔水流攪擾以及風帆不時被麻繩扯緊所發的澎澎之聲，令昭娘憶起母親在溪畔漂洗衣服，而她則蹲在一旁赤手撈捕魚蝦，企盼碗裡除了菜餔、地瓜葉，能添點新鮮的顏色。儘管結果總是落空，但她仍是歡歡喜喜的在母親催促下，踩著逐漸拉長的影子返家。一路上，便是這麼風平浪靜，一如陳和甫揣在懷裡那張船票上寫的「順風大吉」。

「到位矣，落船喔！」陳和甫在樟林下船時，撐開傘，回頭低喚了一聲。捆纜的船員見狀似乎想起什麼，抬頭問道：「欸，跟你同行的那個女子咧！」

「哪有什麼女子？」

「哪會無，穿青衫那個啊！她昨夜還倚在船頭，我對她喊，人就無見啊！」

「你目睭花，看錯了啦！」陳和甫朝他揮揮手，自顧自走時，喃喃說道：「唉！造孽啊！」不想這船員疑心生暗鬼，夜來怳惕成魔，竟暴斃了。

樟林港熱鬧非常，港外是波濤萬頃，港內則檣櫓插雲；日可跨石橋觀蓮峰，夜宜賞漁燈映南港。陳和甫向商號輾轉打聽數日，總算問出周永成的去向，惟與此地相距好一大段路程，需渡韓江、過了澄海縣。

「無上甚深微妙法，百千萬劫難遭遇。我今見聞得受持，願解如來真實義……」陳和甫原盼減少人間萬千苦難事，豈知平添地獄多少迷離魂，故捨官道而就郊道，避免與生人接觸，再添事端，沿途並誦念經文以消業障。幾個晨昏後到了地頭，看看日輪斜倚，陳和甫先覓得當地保正，再尋客店睡下，一夜無話。

次日破曉，陳和甫會了房錢，上市街兜了點吃食，便動身南行。幾個時辰後來到津口汛，只見河伯怒顏，渡船攏擠一處，軋吱作聲，難以發船。正是「横江欲渡風波惡，一水牽愁萬里長。」雖說是大潮之期，亦需過了申時方得發作，而此間猶在未時。可陳和甫並不發愁，俯身朝包袱囁嚅了幾句，洶湧水勢轉眼平滑似羅綺。兩刻鐘後，陳和甫下船登岸，逕投五里外的官埭而去。周永成雖是土生土長的汕頭人，對於官埭而言仍是外來客，加以近日大興土木，很容易探聽到宅所座落。而此刻，周宅門內僕從奉茶，眾賓客正飲著管家調製的果汁、嗑瓜子，等候吉時開筵。

陳和甫剛剛踏入周宅地界，門口一對寫著紅色囍字的燈籠瞬即熄滅。不消管家開門，大門朝內霍然而啓，一條人影緩步現身門檻外，卻是個灰撲撲的中年男子。

「這位貴客，打哪裡來的？」管家周福趨步上前招呼，樸拙的笑意可掬。

「借問周永成是不是住在這？」陳和甫點點頭，禮貌性探詢。

「是啊！阮老爺今日辦桌，請入座。」

俟陳和甫兩腳上階，管家門了門，內廳已經有了狀況。

「妳……妳哪會在這？」正在勸酒的周永成陡然起身，朝身旁抱著襁褓的鴛鴦發話，一個不留神，喀啷一聲跌破了手裡的五蝠臨門青花描金杯。

「老爺，我一直都在這，無行開腳啊！」鴛鴦一臉狐疑地回話。

「妳毋通偎過來！我聽講妳已經死了。」

「阿成，我是鴛鴦啊！你飲酒醉啊，我叫人扶你入去內面歇睏。」鴛鴦說著，便伸手去攙。周永成甩開後，便朝廊柱後疾走，只露出半張臉盯著鴛鴦覷。

「咱兩人已經無關係矣，妳莫再來勾勾纏矣。」

說也奇怪，眾賓客中不乏周永成的親眷，面對他不尋常的舉止竟無人反應，只是目光呆滯的坐著。

「我承認，當初是我騙妳，」須臾，周永成自言自語起來。「我不應該將妳家的財產拐走，但是我想不到妳會去吊脰……」

「嘖！阿成，你是咧講啥？」鴛鴦皺起眉，不安地瞧了一眼席間，忙著

去搗周永成的嘴。當年，若非她極力慫恿，或許有色無膽的周永成不至於痛下毒手……

「阿成，你講欲幫我贖身，讓我過好日子，到底有在進行否？」花煙館內一閨房，鴛鴦邊梳頭，邊對著鏡裡的周永成嬌嗔。

「有啦！妳再給我一點時間……啊！妳莫擲！」周永成閃躲著鴛鴦從梳妝台隨手抓起的篦子、釵飾、髮夾，擠出鬣狗狀的笑臉求饒。

「你這個無良心欸，我已經將幾年來的私房錢用來替你付過夜的錢。你若是無路用，以後咱就莫見面啊！」

「我也真想更早賺到錢，但是存錢沒那麼快。」

「欸，你不是跟一個姓陳的少爺在做生意？」

「是啊！怎樣？」

「你耳孔過來，我跟你講……」

「啥，這樣干好？我驚會被人知……」聽完鴛鴦獻計，周永成頗為遲疑。

「你莫憨了，你無講、我無講，誰人會知影？敢講你甘願我繼續陪人睏……嗚嗚嚶嚶……」鴛鴦梨花帶雨似的低咽起來，引來周永成不捨的環抱，她便就勢鑽在了他懷裡抽噎。這全是虔婆傳承了千年的手段，試問天下有幾多男子能全身而退呢？

這一段不堪的情節，即便夫妻獨處也絕口不提，不知今天夫婿是撞了邪怎的，卻大庭廣眾下自揭瘡疤。然而周永成彷彿鬼迷心竅，依舊口沒遮攔的盡數往事。

「彼日在船頂，風湧真大，明通欲放尿，我就叫他去外面，誰知影他遂跌落海裡……昭娘，陳兄不是我推落海的啦！妳毋通怪我！」

十七、滿月

李昭娘的靈體對周永成本無眷戀，跨海越嶺而來只因家產遭奪、愛女病死，想求一個明白。聽見這話有蹊蹺，一發力便懾住周永成的心神，令其盡歷自己淒苦的遭遇。而周永成儘管偷歡度日亦心存愧疚，探聽得昭娘自經，滿以為虧心事就此得以掩埋，詎料其死狀如此悽慘。驚嚇之餘，主魂離位，封存在良知深處的一塊記憶痂皮被狠狠地揭起，回憶就此傾洩而出……

略帶酒意的陳明通自座艙木梯攀爬而出，艙外風強雨急，甲板上一片溼滑狼藉，纜繩脫落，船帆歪斜。他的背影搖搖晃晃的扶著船桅，走向船緣，作勢嘔吐。冷不防一個大浪襲向船身，劇烈震盪使陳明通往舷外跌去。他的左手緊纏住固定貨物用的麻繩，尷尬地掛在船體側。

「周兄，救我……」性命攸關之際，陳明通酒意全消，滿臉雨水，張口大聲向眼前的結拜兄弟呼救，嘶喘哀號之聲隨浪起伏。

搖晃的畫面維持了一刻鐘左右，陳明通口中迸出一句「周兄，你……」隨後便似被活生生扯斷的風箏般直墮海中，當然，懷中那只寶瓶造型，繡著妻兒思念的荷包，也捲入海湧無影無蹤。

「阿成，你清醒一下啦！阿成……」鴛鴦見夫婿渾身顫抖、眼珠翻白，便奔過去拉扯。周永成看似醒轉，所見卻是鐵青臉色的昭娘，伸長了枯爪利甲朝自己襲來，於是死命撥開眼前的手，將鴛鴦奮力摺向一旁。甫滿月的嬰孩撞上壁面復重摔墜地，啼哭幾聲便沒了氣息。

「秉龍！你有安怎無？」鴛鴦護子心切，顧不得著了魔的丈夫，蹲身下去摟抱襁褓。

「李昭娘，不可造孽啊！」陳和甫驚見昭娘的靈體膨脹數尺，判斷是吸引了更多的怨念，恐怕局面難以控制，連忙喝斥阻止。奈何這條雙方的冤親債主，豈是一介凡人所能阻擋？

但見周永成就勢從背後掐住鴛鴦的秀頸，「厄……阿……阿成，是我吶！」鴛鴦欲待轉頭求饒，在周永成眼裡卻是昭娘的頭轉了一百八十度對自己冷笑。

「乎你死！」暴喊同時，周永成卯足全力把指尖緊捺昭娘喉管。無法呼吸的鴛鴦，只能反手去扣周永成的手腕，嘴裡發出短促的「喀……喀……」

聲，跟市集被宰殺放血的雞鴨無異，那是生命樂章終結前的最後音階，單調而動人心弦。

柔弱的鴛鴦很快垂下了脖子，周永成仍緊掐其頸項，直到氣力放盡才鬆手，讓鴛鴦的身子軟綿綿地趴在襁褓旁邊。周永成跟著跪了下來，輕輕地喘著氣，就像他當年扛好一牛車米穀登船那般，享受著一種忙裡偷閒的滿足感。

「周——永——成——」來自痛苦深淵的低沉女聲撞擊耳膜，解除了周永成發愣的狀態。他認得那冷靜的、堅毅的嗓音，那是李昭娘的呼喚。猛一抬頭，李昭娘身著青衫，表情不怒而威，好端端的立在前方。

「竟然沒死！可惡啊！」周永成勉力撐起身來，想伸手再去掐她脖子，雙臂卻只是不聽使喚地垂擺。於是他大步上前，用額頭去攻擊昭娘的臉，每次撞擊，都發出響亮的一聲「恪」，也使面前昭娘的臉孔變得模糊一些。由於他攻擊的力道，是對著不共戴天的仇家那般使勁，才兩下，他的前額即變得紅腫，五下之後瘀血成塊，第六下皮破出血，血漿更隨著猛烈撞擊而撒濺。清脆如藥行的搗缽聲迴盪在闃寂的院落裡……

「嘎啊！救命啊！」吳良的思緒被一陣高聲尖叫拉回現實，只見周宅廳院圍坐兩桌的賓客如大夢初醒，不約而同連跌帶爬地向門口奔竄而去，偌大的合院突然沸騰又轉瞬恢復死寂。

這吳良與周永成算是小同鄉，束髮起便在潮汕一帶混吃騙喝，都算不上什麼清白良民。兩人雖沒有兄弟的情誼，卻也聽過彼此的名號，只不過吳良練的是拳頭，周永成精的是權謀，井水不犯河水。長大後，吳良託人在衙署尋了個捕快的缺，好行使他自以為是的俠氣；而周永成則看準了墾荒熱，花點小錢買船票渡海，看看這塊處女地有沒有發財的機會。兩日前，吳良接獲府衙批示的文書，說是有人舉發周永成犯行，想著有一筆竹槓好敲，卻不想碰上一樁命案。話說回來，他這幾年任職捕快也不是濫竽充數的，偷矇拐騙、殺人越貨的案子都料理過。

吳良起身後，沿廊往廳裡緩行數步，就見到一男跪姿、一女俯臥，動也不動的畫面。

「去！看是什麼情形。」吳良吩咐兩個手下前去查探，自己則叉著手，隨興啐了一口水，這時瞥見那名中年男子佇立一旁。

「欸，都無借問你貴姓。」

「我姓陳，南京來的。」陳和甫欠了欠身子，眼睛卻盯著地上的襁褓。

「喔呵呵，遠來是客，遠來是客。等案件處理好勢，我請你飲一杯……」吳良聽到對方是大城裡走動的，臉上的寒霜自化去三分。

一炷香的功夫，手下回報檢視現場跡證：女子瞪大眼珠，雪白的脖頸有幾個暗紅指痕，估計是遭人勒死；而跪俯在屋柱前的男子，前額破裂、滿臉鮮血，兩人皆已氣絕。以清水擦拭男子面部後，發現額骨破裂、腦髓外露，其嘴角詭異的上翹，令人不寒而慄。巡檢司指認，確定身分是鴛鴦與周永成，而襁褓內嬰孩面無血色，尚有一絲氣息，連忙著人問大夫救治。

三人走出周宅時，方才奔逃的賓客俱在門外張望，更引來不少看熱鬧的村民。由於在場人士俱為人證，吳良當眾告知：「天光以後，由巡檢司出具文書供大家簽字，現此時請大家返去歇睏。」說罷，吩咐手下取了付門鎖，便把周宅封了，任憑快燒盡的紅燭兀自冒著煙氣，黑影在牆上鬼魅似的飄動。

陳和甫料亦無法置身事外，恐怕還得盤桓數日，便自尋了間廟宇過夜。剛剛整頓好，李昭娘幽幽的靈體便在廟外顯跡。

「唉，事情行到這款地步，妳可甘願了？」陳和甫搖搖頭，無奈地問。

「我也毋知。」

李昭娘聲線裡沒有絲毫波瀾，想起丈夫在世時一家和樂的景象，有些落寞地說：「我只煩惱阮念祖無人照顧，他還細漢，不知可有法度好好地活下去？」

「唉！」陳和甫嘆了口氣，接著說：「算來也是緣分啦！妳放心，妳兒子我會將他牽成長大，至於以後，就要看他造化了。」

「若這樣我就放心矣。多謝您幫忙，您是阮陳家的大恩人。」昭娘說完跪下便拜，邊磕頭，靈體漸稀薄，終至難以辨識。緊密聚攏的意念分解散逸，回到混沌，以無形的姿態繼續存在於有形的空間裡。

陳和甫點點頭，仰望天外偏斜的一輪，如明鏡垂照人世。

後記

雙屍命案，震驚鄉里，加以流言紛擾，吳良只得把所經歷的情節照實稟辦。但事涉靈異難稽，最終，府道仍以「汕頭人士周永成，失心瘋勒斃媳婦鴛鴦，畏罪自盡」結案。由於兇手已死，案件謄錄後歸檔，至於日後卷宗庫房遭祝融所噬，則不在話下。

轉眼又是元宵，此際，潮汕寺廟多有燈會，放大梨、金菊、蘭、落地梅等花。潮州府一連三天，花燈鼓樂，滿城如醉。彼時李昭娘自縊身亡，腹內嬰孩亦死，嬰靈尚未涉世，僅有求生意念，故潛於昭娘靈體。見有魂魄脫離軀殼，便鑽入滿月的嬰孩體內。陳和甫眼見陽靈脫出、陰靈僭入的過程，卻不作聲，也是體念上天好生之德，故將一切交由緣法不加干預。

事件告一段落，陳和甫輾轉又到台灣，月餘，攜一義子至江蘇江寧隱居，授其醫道命相之術，與一位自號秦淮寓客的落魄書生為鄰。陳和甫死後，奇事始末漸為人知。至於周永成遺孤，由其親眷撫養，長成後從商。其後，府城進入了五條港時代，舳艫頻仍的運河底下潛藏著更多的機會，也永遠潛伏著糾結難解的命運果實。

讀後問答

1\.

李昭娘以自戕方式處理所遇到的困境，你認同嗎？設身處地，你可有辦法協助她不走上絕路？

2.

故事情節似乎隱含因果報應的說法，你覺得這種「迷信」是否有存在必要？

3.

你相信世上有鬼？
鬼是由人所化，該長什麼樣子、做何種打扮，為什麼呢？

4.

主角李昭娘死後化成俗稱的「鬼」。讀完此書後，你覺得這是本「鬼故事」嗎？若不是，為什麼作者要這麼寫？

國家圖書館出版品預行編目資料

台灣民間故事3：府城幽魂林投姐 / 黃沼元著；慕蘭繪 .
-- 初版 . -- 臺中市：晨星出版有限公司，2022.11

面；　公分 .--（蘋果文庫；88）

ISBN 978-626-320-247-4（平裝）

863.59　　111014023

蘋果文庫 088

台灣民間故事3
府城幽魂林投姐

作者｜黃沼元
繪者｜慕蘭

填寫線上回函，立刻享有
晨星網路書店 50 元購書金

編輯｜呂曉婕
封面設計｜鐘文君
美術編輯｜黃偵瑜
文字校潤｜蔡雅莉、呂曉婕

創辦人｜陳銘民
發行所｜晨星出版有限公司
台中市 407 工業區 30 路 1 號 1 樓
TEL:04-23595820　FAX:04-23550581
http://www.morningstar.com.tw
行政院新聞局局版台業字第 2500 號
法律顧問｜陳思成律師

讀者專線｜ TEL：02-23672044 / 04-23595819#212
傳真專線｜ FAX：02-23635741 / 04-23595493
讀者信箱｜ service@morningstar.com.tw
網路書店｜ http://www.morningstar.com.tw
郵政劃撥｜ 15060393　知己圖書股份有限公司
印刷｜上好印刷股份有限公司

初版日期｜西元 2022 年 11 月 01 日
ISBN ｜ 978-626-320-247-4
定價｜ 250 元